R JAMIE

llaro

女子高生探偵
シャーロット・ホームズ
最後の挨拶
上

ブリタニー・カヴァッラーロ
入間 眞・訳

竹書房文庫

女子高生探偵シャーロット・ホームズ
最後の挨拶　上

目次

主な登場人物

シャーロット・ホームズ……女子高生探偵。シャーロック・ホームズの子孫。

ジェームズ（ジェイミー）・ワトスン・Jr.……ワトスン博士の子孫。

ジェームズ・ワトスン・Sr.……ジェイミーの父。

シェルビー……ジェイミーの妹。

グレース……ジェイミーの母。

テッド……グレースの婚約者。

マイロ・ホームズ……シャーロットの兄。セキュリティ会社社長。

レアンダー・ホームズ……シャーロットの叔父。私立探偵。

ルシアン・モリアーティ……モリアーティ教授の子孫。

ヘイドリアン・モリアーティ……モリアーティ教授の子孫。ルシアンの弟。

エリザベス……ジェイミーのガールフレンド。

リーナ・グプタ……シャーロットの友人。

トーマス（トム）・ブラッドフォード……ジェイミーの友人。リーナのボーイフレンド。

アナ……シェリングフォード高校の生徒。

女子高生探偵　シャーロット・ホームズ
最後の挨拶　上

HOLMES

【ホームズ家】

（ジェイミーがしつこくせがむので、彼のために）

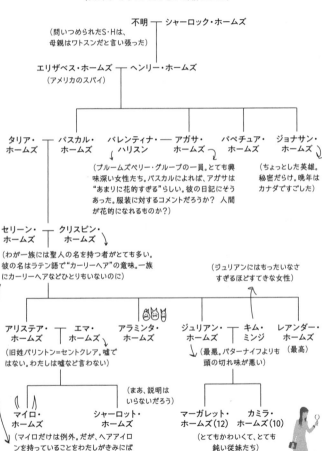

不明 ― シャーロック・ホームズ

（問いつめられたS・Hは、
母親はワトスンだと言い張った）

エリザベス・ホームズ ― ヘンリー・ホームズ

（アメリカのスパイ）

タリア・ホームズ ― パスカル・ホームズ

バレンティナ・ハリスン ― アガサ・ホームズ

（ブルームズベリー・グループの一員。とても興味深い女性たち。パスカルによれば、アガサは“あまりに花的すぎる”らしい。彼の日記にそうあった。服装に対するコメントだろうか？　人間が花的になれるものか？）

パペチュア・ホームズ

ジョナサン・ホームズ

（ちょっとした英雄。秘密だらけ。晩年はカナダですごした）

セリーン・ホームズ ― クリスピン・ホームズ

（わが一族には聖人の名を持つ者がとても多い。彼の名はラテン語で“カーリーヘア”の意味。一族にカーリーヘアなどひとりもいないのに）

アリステア・ホームズ ― エマ・ホームズ

（旧姓バリントン=セントクレア。嘘ではない。わたしは嘘など言わない）

アラミンタ・ホームズ

ジュリアン・ホームズ ― キム・ミンジ

（最悪。バターナイフよりも頭の切れ味が悪い）

（ジュリアンにはもったいなさすぎるほどすてきな女性）

レアンダー・ホームズ

（最高）

マイロ・ホームズ

（マイロだけは例外。だが、ヘアアイロンを持っていることをわたしがきみにばらしたと知ったら、兄はきみを殺さなければならなくなる）

シャーロット・ホームズ

（まあ、説明はいらないだろう）

マーガレット・ホームズ（12）

カミラ・ホームズ（10）

（とてもかわいくて、とても鈍い従妹たち）

MORIARTY

【モリアーティ家】

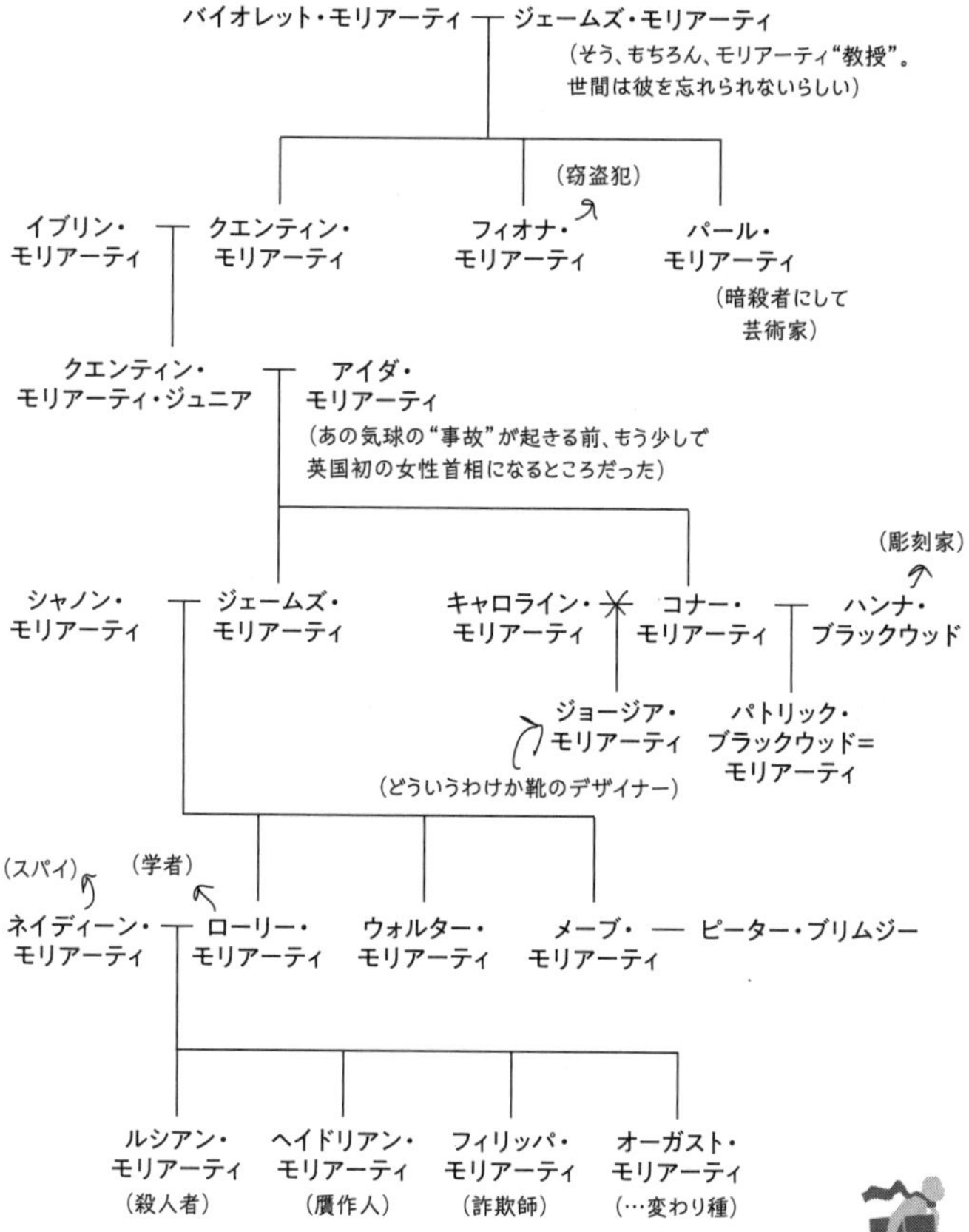

というわけだ。頼むから、これを額に入れて
飾るつもりなどないと言ってほしい。
——C・H

アナリス、リーナ、レイチェル、
そして、これまでいっしょに仕事をする機会に恵まれた
才能あるすべての女性に

この移りゆく時代にあっても、きみだけは変わることがないね。

――『最後の挨拶』サー・アーサー・コナン・ドイル

第一章　ジェイミー

　一月のコネチカット州は雪が降りやまない。それこそ永遠に続くんじゃないかと思えるくらいに。雪は再建された科学実験棟のレンガ壁のくぼみや、地下窓の前に掘られた採光用の竪穴にどんどん降り積もり、木々の太い枝からは雪のかたまりが幹の根元にまで垂れ下がっていた。教室を移動するたびに、ぼくは雪をニットキャップから振り払い、髪の毛から払い落とし、靴下からかき出す。おかげで靴下の中の両足はこすれて真っ赤だ。バックパックの上やブレザーの表面などところかまわず付着した雪は、けっして溶けきることがない。激しく降った日は眉毛にも積もったままで、一時間目に暖房のきいた教室に入ったとたんにそれが溶けて汗みたいに顔をつたい落ちるものだから、まるで何か後ろめたいことでもあるように見える。

　寮の部屋に戻ると、パーカを脱ぎ、それを予備のベッドの上に丹念に広げる作業に没頭する。パーカがまるで横たわった人体みたいに見えるけれど、こうしておけば溶けた雪がカーペットにしたたる心配がない。歩くたびに足の裏が濡れるのはもううんざりだ。使っていないマットレスが濡れるのはちっともかまわない。だけど、冬が長引くにつれて、特に眠れない夜など、この哀れな人体もどきから何かのメタファーを見いださずにいられなくなった。

でも、メタファーなんて、あらゆるものからすっかり見つけ終えていた。

たぶん、この言葉から始めるべきだろう――殺人犯の濡れ衣を着せられて得することなどあまりない。以前だったら、そんな厄介な状況にあってもシャーロット・ホームズと出会えたことはただひとつよかったことだ、とぼくは言ったと思う。でも、あくまでそれは、あの女の子を神話化していたころのぼくの発言だ。そのあと、ぼくは自分で作り上げた物語に登場する人物のことが見えなくなってしまった。

実物の彼女がどんな子であるかを知ったせいで彼女のことが見えなくなったのならば、ぼくは自分自身のことだってちゃんと見えていなかっただろう。ぼくが抱いた妄想は珍しくもなんともない。〝大いなる宿命〟妄想というやつだ。そこでは人生が物語であり、波瀾万丈の冒険の末に最大の危機に直面し、そのクライマックスの瞬間に困難な決断を下し、悪党を倒して、ついには自分が価値ある存在であることを証明する。自分の爪痕を世界にくっきりと残すのだ。

ぼくの妄想は、かのシャーロック・ホームズがライヘンバッハの滝でついに邪悪なモリアーティ教授を打ち負かすという、ぼくのひいひいひいおじいちゃんが書いた物語を読んだときに始まったのかもしれない。偉大なる人物が払った偉大なる犠牲。巨大な悪を倒すために、ホームズは自分の身を捧げねばならなかった。この《最後の事件》をはじめとして、ぼくはホームズ物語を夢中になって読みこみ、いろいろな要素をつぎはぎしながら冒険と正義感と友情についてのマニュアルを作り上げた。子どもならだれでもそういうやりかたで手本を探すものだけど、ぼくの場合は、子ども時代が終わっても、この手法に別れを告げることができなかった。

それは、まわりの世界に典型的な悪党などひとりもいないせいだ。ヒーローなどひとりもいないせいだ。自分の死を偽装し、三年もたってからひょっこり姿をあらわして、心からの歓迎を期待したシャーロック・ホームズがいたせいだ。身勝手なホームズ一族が存在し、見当ちがいの忠誠心から彼らと行動をともにするワトスン一族が存在したせいだ。

今では、あれほど過去に執着したのはばかげていると自分でもわかっている。過去というのは自分の先祖のことだけでなく、もっと最近の過去、つまりぼくのホームズとすごした月日も含んでいる。過去に執着したせいで——彼女に執着したせいで——ぼくは多くの時間を失ってしまった。でも、もう終わりにすると決めた。ぼくは変わりつつあった。チヨウのサナギみたいな、そういう何かを形成していた。そこから出たら、もっと現実的なジェイミー・ワトスンになっているつもりだった。

初めのうちはその決心が揺らぎがちだった。ホームズの屋敷からシェリングフォード高校に戻ってきたとき、ふと気がつくと、まったくの無意識のうちに科学実験棟の四階に上がっていたことが一度ならずあった。でも、どっちみちそれは大したことじゃない。その気になれば四四二号室のドアをいくらでもノックすることができたし、ノックしたところで返事はないのだから。

ふさぎこんでいても自分にいいことなどひとつもないと悟るまで、そう長い時間はかからなかった。一連のできごとを詳しく検討する必要があった。きちんと紙に書き出すのだ。以前みたいに物語に仕立てるやりかたではなく、客観的な目で。リー・ドブスンが寮の部屋で遺体となって発見された日から、ぼくの身にいったい何が起きたのか。事実として何があったのか。

悪いこと……友人たちの死、敵対者たちの死、手ひどい裏切り、世間に広まった疑惑、傷心、脳しんとう、拉致、何度も鼻を折られたせいでぼくの顔が二流のボクサー（もしくは暴力を振るわれた図書館員）みたいになってきたこと……。

いいことは？

今では父とぼくが会話する関係になったこと。電話越しのスクラブル・ゲームで父をこてんぱんに負かしていること。

母については……まあ、いいことはそれほど多くない。この前、夜に電話してきて、今交際している相手がいると言っていた。そんな真剣な話じゃないのよ、ジェイミー、と母は言っていたけれど、声にためらいがにじんでいたので、実際はかなり真剣だと思う。ぼくがまだ幼かったころ、父がアビゲイル（今の義理の母）と出会って結婚したとき、ぼくは腹を立てて父を恨んだけれど、あのときと同じ反応をぼくが示すのを母は心配したのだろう。

ぼくは母に言った。

「母さんがたとえ真剣だとしても、ううん、真剣ならなおさら、ぼくはうれしいよ」

「わかったわ」

少し間をおいてから母は続けた。

「彼はウェールズ人で、とてもやさしい人。あなたのことを作家だと伝えたら、作品を読みたいと言っていたわ。あなたの書いた物語がどれほど暗いか彼は知らないけれど、きっと気に入ると思う」

ぼくの書いた物語。ぼく自身の人生についての物語。本当はまったく物語でないし、そのことは母も知っている。母はただそれを口にしたくないのだ。

どういうわけかぼくは耐えられなくなった。よい点と悪い点のリストのせいじゃない。ぼくがシャーロット・ホームズと友人でいた月日が母にはひどく憂鬱な日々だったのだと気づいてしまった以上、それは閲覧注意の警告だ。

校長室で十分間ほど自分の言い分をまくし立てたら、ミッチェナー寮のひとつ下の階の部屋に移動するために荷造りをすることになった。不当に殺人の濡れ衣を着せられた件を口実として最大限に利用し、まんまとひとり部屋をせしめたのだ。その口実は一年前のものだけど、今もなお完璧に通用する。おかげで、望みのものが手に入った。ぼくが泣いているのをじろじろながめるルームメートはいない。部屋にはだれもいない。ぼくひとりだけ。だから、自分が送りたいと願う生活を一から作り直すことができる。

そうやって何ごともなく時間がすぎていった。

コネチカット州にまたもや冬がめぐってきて、雪は降りやみそうにない。でも、かまいはしない。ぼくには文芸同人誌の編集の仕事があるし、春のラグビー・シーズンに向けて練習しないといけないし、こなすのに何時間もかかる宿題が毎晩ある。新しい友人たちもいる。彼らはぼくの時間をすべて提供するよう求めないし、辛抱強く待つことも一方的な信用も要求してこない。

ぼくにとって、これがシェリングフォード高校における最終学期となる。この一年間、シャーロット・ホームズの姿は見ていない。

だれも彼女の姿を見ていない。


「あなたの場所を取っておいたわ」

エリザベスがそう言って隣の椅子から自分のバッグをどかした。

「ねえ、頼んだものは……」

「持ってきたよ」

ぼくはバックパックから缶入りのダイエット・コークを取り出した。去年、食堂ホールからソフトドリンクが撤去された（シリアルバーもだ。生徒たちはみんなその事実に哀悼の意を表した）けれど、ぼくのガールフレンドは炭酸飲料の六缶パックを常時ぼくの部屋の小型冷蔵庫に入れておくことで、規則を巧妙に回避している。

「ありがと」

彼女は缶のプルトップを開け、すでに用意してある氷入りのグラスに注いだ。

ぼくたちの昼食のテーブルにはほかにだれもいない。

「みんなはどこ？」

「リーナはまだ豆腐を電子レンジで温めてる。今日はソイソースと蜂蜜を試してるけど、においがひどいの。トムはセラピストの都合で時間が変更になって、そのセッションに行ってる。そろそろ終わるんじゃないかな。マリエラは友だちのアナと列に並んでるから、今日はいっしょに食べるかも。あなたのラグビー仲間はどこにいるか知らないわ」

　ぼくはしかめ面をしてみせた。

「あいつらなら向こうのパン売り場にいるのを見たよ。カーボ・ローディング（試合前などにエネルギー源の糖質を体内に貯めこむ食事法）をしてるんだと思う」

「〝どっさり食わないとな〟」

　エリザベスがラグビー部のランドールのまねをして言った。いつものジョークだ。ぼくのセリフも決まっている。

「〝どっさり〟」

「〝どっっっさり〟」

「〝どぉぉっっっさり〟」

　ぼくたちはくすくす笑った。これもいつものやり取りの一部。彼女は自分のハンバーガーに戻り、ぼくも自分のハンバーガーにかぶりついた。友人たちがひとりまたひとりと姿を見せ、ようやくトムがやってきたとき、彼はぼくの背中を軽くたたいてから、ぼくのフライドポテトをひとつかみほどくすねた。〝セラピーはどうだった？〟の意味で片方の眉を上げてみると、彼は〝問題ない〟の意味で肩をすくめてみせた。

エリザベスが「大丈夫？」ときいてきた。ぼくが暗い顔をしているとき、彼女が好んで口にする質問だ。

「大丈夫だよ」

彼女はうなずき、読みかけの本に目を戻した。そして、また目を上げる。

「本当に？　だって、なんだか声の調子が……」

「本当さ」

返事を急ぎすぎた。笑みを作って答え直す。

「本当に大丈夫だよ」

これはダンスみたいなものだ。ぼくの頭の中にはすべてのステップが入っている。逆さまにも踊れるし、後ろ向きはもちろんのこと、炎に包まれながら沈没しかけているクルーズ船の上でだって踊れる。

ぼくたちは秋には中庭で昼食をとり、春は食堂の外階段で食べる。今は冬なので、食堂内の保温ケースに近いお決まりのテーブルに陣取る。ぼくは食品を温める電熱灯が発する低周波音に耳を傾けていた。トムとマリエラは自分たちが早期単願受験で選択した大学に入れる可能性について話している。今週、結果がわかることになっており（トムはミシガン大学、マリエラはイェール大学）、ふたりともそのことで頭がいっぱいだ。リーナはテーブルの下でだれかにメールを打ちながら空いているほうの手で豆腐を食べ、ランドールとキトリッジは練習で作ったあざを見せ合っている。キトリッジは何者かが夜のうちにラグビー場に穴を掘っていると信じて疑わず、一方のランドールはキトリッジのことを単なるまぬけだと確信している。エリザベスはいつものようにトレーの横に本を置いて小説を読んでいる。自分の世界にこもったままページをめくり、だれの話にも耳を傾けようとしない。彼女の世界の中で何が起きているのか、ぼくには見当もつかない。それを見つけ出すのに、卒業までに時間が足りるとは思えない。

　ぼくがこれまで知り合った中で、エリザベスほどできる子はいない。恐ろしいほど有能だ。もしも制服のズボンがテーラーから戻ってきたとき、すそが一センチほど長すぎたら、彼女は縁をかがる方法を習得して自分ですそ直しをしてしまうだろう。シェイクスピアのクラスとダンスのクラスに出たいのにふたつの時間が重なってしまったら、その日のうちに〝アイリッシュダンスから考察する『ロミオとジュリエット』〟の自主研究を承認してもらうだろう。

もしも自分が好意を持った男子生徒が悲嘆と苦痛を抱えて学校に戻ってきたら、彼女は男子生徒が立ち直るまで一学期のあいだじっと待ち、それからデートに誘う。

〝わたしとホームカミングに行かない？〟

去年の秋、ぼくのメールボックスに入っていたメモにはそう書いてあった。

〝今度は喉にダイヤモンドをつまらせないって約束するわ〟

ぼくは誘いを受け入れた。なぜそうしたのか、そのときは自分でもまったくわからなかった。ぼくはホームズとの関係が失われたことをもう嘆いてはいなかったけれど、ずっと女の子たちには目が向いていなかったから。その最大の理由は勉強が忙しかったこと。文字どおり退屈な生活だけど、もっと成績を上げないと志望大学どころか、どこの大学にも入れる可能性がない。

ドブスンの殺人事件のせいで成績が上がらないという言い訳がいつまでも通用すると思ったら大きなまちがいだ、と進路指導カウンセラーに言われた。あの事件は大学の入試論文では説得力のあるネタになるかもしれないがね、と。

だから、ぼくは勉学に励んだ。ラグビーの部活も続けた。成績がパッとしなかった場合、志望大学のどこかが英国人のハーフバックを探していないともかぎらないから。ぼくは義務感にかられてエリザベスをホームカミングのダンスパーティに連れ出した。彼女がプラスティックのダイヤモンドを喉につめられたのは、ぼく自身が手を下したわけではないにしても、多少なりともぼくに責任があると思うから。彼女とすごした時間は意外にも、それまでの数ヵ月にほかのだれとすごした時間よりも楽しかった。

　エリザベスにとって、それは意外でもなんでもなかったらしい。

「あなたの好きなタイプはわかるもの」

　と彼女はダンスフロアの照明の下で笑った。ブロンドの髪は長いリボンみたいにカールしていて、きらきら光るネックレスがステップにつれて揺れ、彼女は全身で笑い、それを見てぼくは彼女を好きになった。心から好きになった。

　ぼくは自分の人生の古い章を引っぱり出して、下に書かれた文字が消えてなくなるまで上書きしているような奇妙な感覚にとらわれた。

「どんなタイプ？」

　ぼくはきいたけれど、答えを知りたかったのかどうかわからない。流れている音楽といい、スモークマシンといい、自分が今年のパーティと前回のパーティの両方にいるような気がしていた。

　彼女はいたずらっぽくほほ笑んだ。そのいたずらっぽさは、ぼくが慣れ親しんできたものとは種類が全然ちがった。いたずらっぽいけど秘密はない。いたずらっぽいけど危険はない。それは、自分の真価が認められようとしていて、望みのものがもうすぐ手に入ると知っている賢い女の子のほほ笑みだ。

「あなたは自分の言うとおりにならない子が好きなの」

エリザベスはそう言うとキスしてきた。

彼女の推測は正しい。ぼくが好きなのは、ちゃんと言い返してくる女の子。思慮深い目をした女の子だ。エリザベスはそのどちらにも該当する。ただ、ときどき感じることがある。彼女はチェックリストのひとつの項目（一年生のときに好きになった男の子とデートする）に首尾よくチェックマークを入れ、ぼくは単にそのリストの項目にすぎないのではないかと……。

まあ、それは彼女から感じた、というよりぼくが勝手に抱いた妄想だ。なぜなら、いつものようにぼくは食堂の明るい窓の外をながめながら、物思いに沈んでいるから。ＡＰ（大学初級レベルの課程を高校で早期履修すること）西洋史で書くレポートや微積分学でぼくに割り当てられた問題について考え、空中高く浮かんでいるほかの百万個のボールについて思いをめぐらす。それだけでなく、自分自身に言い聞かせていた。友人たちについて真剣に考える必要がある、彼らをちゃんと気にかけるべきだ、と。

そのとき、背後でだれかがトレーを落とし、甲高い音をたてた。ぼくは瞬時にまたあの場所に戻ってしまった。

ぼくはサセックスの屋敷の裏庭に立っている。足元にはオーガスト・モリアーティ。大地をおおう雪に飛び散る血。近づいてくるパトカーのサイレン。シャーロット・ホームズのひび割れた白い唇。それらはほんの数秒で消えた。

「すぐ戻ってくる」

ぼくの言葉などだれも聞いていなかった。エリザベスでさえ本に没頭している。少なくとも吐き気がこみ上げる前に、ぼくは洗面所にたどり着けた。

ラクロスの初心者らしき生徒が手を洗っており、ぼくの嘔吐について「激しいな」と評した。個室から出たとき、洗面所にはぼくひとりしかいなかった。

洗面台に手をついて身を支えながら、排水口をじっと見つめ、その周囲のひび割れたセラミックを見やる。前回これがぼくの身に起きたとき、きっかけは車のドアがばたんと閉まる音で、吐き気のあとには怒りがこみ上げてきた。不快で気が遠くなるほど頭に来た。あれこれ勝手に判断したシャーロット・ホームズに対する怒り。彼女の兄で、人を射殺しながらまんまと処罰をまぬがれたマイロに対する怒り。二週間もあとになって逃げろと忠告してきたオーガスト・モリアーティに対する怒り……。

携帯電話でメールの着信音が鳴った。エリザベスがぼくの様子を確認してきたんだ、と思いながら電話を取り出す。悪い気分ではなかった。

ところが、相手はエリザベスじゃなかった。番号にまったく心当たりがない。

〈ここにいたら安全ではない〉

文面はそれだけ。映画を観ていたのをすっかり忘れていたのに、その再生ボタンをだれかに押されたような感じ。ホラー映画だ。描かれているのは、ぼくの人生。

〈きみはだれ?〉

そう返信したとたん、怖くなった。きみなのか、ホームズ? 表示されている番号に電話してみた。もう一度かける。さらにもう一度。そのときには向こうはすでに電話をオフにしてしまったらしい。

メッセージを残してください、と指示が流れた。ぼくは呆然と立ちつくし、気がつくと数秒にわたって息づかいを録音していた。急いで通話を切る。

どうにかこうにか昼食のテーブルに戻った。脱水と恐怖によって頭の中でパチパチと音が鳴っていた。エリザベスはまだ読書中だった。ランドールは三個めのチキン・サンドイッチを食べている。マリエラとキトリッジとアナとかいう女の子が、またしてもシリアルバーについて文句を言っていた。ここには生態系がまるごと存在し、ぼくがいなくてもなんの問題もなく機能している。

ぼくはなぜ彼らに話そうとしたのだろう？　ある種の被害者に戻ることで、ぼくは何をしたいっていうんだ？　いつも頼りになるエリザベスでさえ、この件ではぼくを手助けできない。これまでにも彼女はぼくのためにいろいろやってくれている。

やめておこう。ぼくは姿勢を正し、ハンバーガーを平らげた。

念のため、片手を携帯電話にのせておく。

「ジェイミー」

リーナが呼んだけれど、ぼくは首を横に振った。それでも彼女は少し眉根を寄せながら繰り返した。

「ジェイミー。あなたのお父さんがいるわよ」

テーブルに近づいてくる父の姿を見て、ぼくは鈍い驚きを覚えた。父のニットキャップに雪がまばらにのっている。

「ジェイミー。ぼんやり考えごとか？」

父の言葉にエリザベスが顔を上げ、ほほ笑みかけた。

「彼は一日中こうなんです。夢の国に行ってしまっているから」

彼女だってぼくたちを無視して大好きな『ジェーン・エア』にどっぷりつかっているけれど、ぼくは指摘しないでおいた。

ぼくは精いっぱいのほほ笑みを顔に貼りつけ、父を見た。

「もちろんいろいろ考えてるよ。学校のこととか。学業についてだよ」

テーブルの向かい側でリーナとトムが意味ありげに視線を交わした。

「嘘じゃないよ」

ぼくの声は少し震えていた。

「それで……父さん、何かあったの？」

「一族の緊急事態だ。おまえの外出許可はもう取ってきた。さあ、出かけるぞ、バッグを持て」

ポケットに両手を突っこんだまま言う父を見ながら、やれやれまたか、とぼくは思っていた。それに今は、立ち上がっても脚が身体を支えてくれるかどうか心もとない。

「無理だよ。フランス語の授業があるんだ。小テストを受けないと」

「でも、小テストはきのう……」

トムが言いかけたので、テーブルの下で彼の足を力なく蹴った。

父が繰り返す。

「一族の緊急事態だぞ。さあ、立つんだ！　いっしょに来い！」

ぼくは指を折って数えながら言った。

「ＡＰ英文学。物理学。ぼくの発表もあるんだ。そんな目で見るのはやめてよ」

「ジェイミー、車でレアンダーが待ってる」

急に気分が軽くなった。こんなふうに身体が震えて変な感じになっているとき、いっしょにいられる数少ない相手のひとりがレアンダー・ホームズだ。父が切り札を使ったこと、そして今回はぼくの負けだということを、ぼくも父もたがいに承知していた。テーブルの向かい側からリーナが送ってきた芝居がかったウィンクを無視し、ぼくは荷物をバックパックにつめた。

「また夜にね」

エリザベスはそう言いながらもすでに本に戻っていた。この手の事態にはすっかり慣れてしまっているようだ。

「明日の物理のクラスで、本当に発表しないといけないんだ」

食堂を出ながらぼくが言うと、父が肩をぽんとたたいてきた。

「もちろん、おまえは発表する。でも、どうせ大して重要じゃないだろ？」

第二章　シャーロット

五歳のころ、自分が超能力者であると固く信じていた。

根拠のないただの推量などではない。父からはいつも、事実だけにもとづいて推理を組み立てるように言われていたし、そこには厳然たる事実があった。まる一週間にわたり、わたしはロンドンに行く夢を繰り返し見たのだ。その夢は事実にもとづいていた。叔母のアラミンタが金銭上の問題をいくつか解決するためにロンドンに行く必要に迫られ、ついでに兄とわたしを連れていって、用件がすんだあとに自然史博物館で恐竜の展示を見せようと言ってくれたのだ。兄のマイロはステゴサウルスに目がなかった。

夢の中で、列車に乗ったわれわれ一行は煙にかすむ駅に降り立った。叔母が兄とわたしにプレッツェルを買ってくれた。兄とわたしは大理石のロビーで長時間待たねばならず、兄はわたしの巻き毛の髪を引っぱった（わたしの髪は一度も巻き毛だったためしがない。髪型を整えることに多くの時間を割くのはまったく実用的とは言えない）。兄に意地悪をされ、わたしは泣きだし（これも奇妙だった。わたしは泣いたことがない）、われわれは博物館に行かなかった。

　当日を迎えてみると、何もかもがわたしの見た夢のとおりに運んだ。出かける前、母がわたしの濡れ髪を後ろでロールパンの形に束ね、列車のコンパートメント内でわたしがヘアゴムをはずしたため、髪がくるくると巻いた状態で乾いてしまった。兄とわたしは駅のスタンドでプレッツェルを買ってもらった。銀行では叔母が磨りガラスの部屋の中で用件を片づけるあいだ、兄とわたしは大理石のロビーで待たされた。かなり長い時間だった。わたしはじっとしていられず、そわそわと身じろぎしたが、われわれはそわそわと身じろぎすることを禁じられていたので、兄が手を伸ばしてきてわたしの巻き毛を強く引っぱった。痛かったが、わたしは声を上げなかった。騒音をたてることも禁じられていたから。われわれは何もかも禁じられていたが、唯一の例外は、自分たちのいる場所のあらゆることに注意を払い、あとで思い出すことだった。四時間もロビーにいて、わたしはどうしても手洗いに行きたくなった。下着を濡らすなど、考えただけでぞっとした。そんなはめになったら自分がどうなってしまうか、想像もつかなかった。

　そんな思いのせいで、わたしは泣きだした。物心がついて以来、人前で泣いたことなどなかったのに。マイロがふたたび手を伸ばし、警告の意味で髪を引っぱった。兄はそのとき十二歳で、妹に恥ずかしい態度をとらせたくないと考えるには十分な年齢だったが、その意思を理性的な態度で伝えるには十分とはいえない年齢だった。ちょうどそのとき部屋からアラミンタ叔母が出てきて、われわれの様子を目の当たりにした。泣いているわたし。わたしをいじめているマイロ。

「あなたたち」

叔母の冷水のような声を聞いて、わたしはもはや持ちこたえられなかった。

われわれは博物館に行かなかった。次の列車で家に帰った。

それから数時間後、ベッドに入る前、わたしは父の書斎のドアをそっとノックした。その日のふるまいについて手短に詫びたら、自分が超能力者であるという推測を父に話すつもりだった。きっと誇りに思ってくれるだろうと考えていた。

わたしが説明するあいだ、父は耳を傾けていた。にこりともしなかった。もっとも父はめったに笑顔を見せない。

「おまえの論理には欠陥がある」

わたしが話し終えたとき、父はそう言った。

「ものごとの相互関係は因果関係ではないのだ、ロッティ。おまえのお母さまは朝七時におまえを入浴させる。アラミンタ叔母さまはその三十分後におまえたちを迎えに来た。お母さまはおまえの髪を乾かす時間がなかったから、そうした場合にいつもするように髪を上げてまとめた。それには完全に筋道が通っている。おまえは駅にプレッツェル売り場があるのを知っており、叔母さまを口説き落としてそれを買ってもらえることも知っている。銀行に関しては、おまえは待たねばならないと承知しており、それはおそらく博物館に行くという特別な時間がなくなるほど長いだろうとわかっていた。おまえは自分のふるまいによってその実現性を確実にしたのだ」

「でも、夢は……」

「夢は未来を予知できない。おまえも知っているはずだ」

父はわたしに顔をしかめてみせ、両手の指先を合わせて山を作った。

「夢に唯一可能な機能は、覚醒しかけている人間の心の推測だ。洗面所にまつわる状況については、二度と起こらないと信じている」

わたしは両手を背中に隠したままでいた。そわそわと落ち着かないのを父に見られないように。

「叔母さまから待っているようにと言われたのです」

「そうだな」

父の目の上で筋肉がぴくりと動いた。

「おまえはもっぱら合理的であるルールにしたがうべきだった。立ち上がり、最寄りの洗面所の場所を尋ね、そこを利用し、そのあとで席に戻ることは合理的だ。他人に後始末の掃除をさせるような混乱を招くことは合理的とは言えんな」

その言葉はわたしにとって道理にかなうものだった。

「はい、お父さま」

父のしかめ面がほんの少しやわらいだ。

「そろそろ寝る時間だ。明朝八時にデマルシェリエ教授が来訪し、おまえの方程式の問題を見てくれる。おまえの指の爪を見れば、まだ宿題を終えていないことがわかる。さて、わたしがどのようにしてそれを知ったか説明してごらん」

わたしは立ったままわずかに背筋を伸ばし、説明してみせた。

もっぱら合理的であるルールにしたがうこと。

この教えの問題点は、厳密に検討すれば合理的なルールなどほとんどない、ということだ。

好例を示そう。他者を本人の意思に反してクローゼットに閉じこめることを禁止する法律がある。この法律はおおむね道理にかなっている——個人の自由の侵害、クローゼット自体の潜在的な損害——ように思える。にもかかわらず、わたしが探している情報を得られるまでこの男をクローゼットに閉じこめておくための合理的な根拠は、少なくとも七つは存在する。

この男は旅券局の職員で、われわれは勤務時間後の彼の職場にいる。〝旅券局の職員〟という表現にはなんら具体性がない。彼の赤ら顔のことも、ニュージャージー訛りのことも、わたしが自分の要求を満たすために日曜日の夕刻にいかに彼を容易にクローゼットに追いつめることができたかも、まったく伝わらない。

言葉というのは、ときにまったく役に立たないものだ。彼のことを〝わたしの獲物〟と呼ぶのが、最も的確だろう。

彼が脅しをかけてきた。ずっと脅しているせいですでに声がかすれている。

「警察に訴えてやる」

「それはおもしろい判断だ」

わたしは実際にそう思ったのでそう言った。わたしはクローゼットの扉に背中をあずけてすわり、靴のつま先部分にこすれてできた残念な疵を調べていた。疵をきれいに消すために、再度ミンクオイルを購入しないといけないだろう。ミンクは凶暴な動物だが、小さくてか弱いと思われている（そこで自分が偽善者であることに気がついた。わたしの靴は革製である。革は牛から取られる。愛らしくないからといって牛が手荒に扱われていいわけはない。だが遺憾ながら、われわれはそうしている。この世は冷たく薄情で、そしてわたしは今後もウィングチップの革靴を履き続ける）。

彼が聞き返してきた。

「おもしろい？」

「ああ、おもしろい。なぜならきみは、わたしがきみのオフィスで見つけた偽造文書についてスコットランド・ヤードに説明する必要に迫られるから」

わたしはコピーしたサンプル（ＥＵのパスポート、有効期限二〇一八年、トレイシー・ポルニッツ名義）をポケットから取り出すと、折りたたんでクローゼットの扉の下から中にすべりこませた。

かさかさと紙を開く音が聞こえてきた。

「これは偽物じゃないぞ、この愚かな小娘……」

「原本にはＩＣタグがなかった。紫外線テストもクリアしなかった。そもそも基本的なフラッシュライト分析でさえ透かしや微細な浮き出しが見えず……」

「おまえは何者だ？」

彼が汗ばんだ顔を手のひらでなでる音は聞こえなかったが、まちがいなくそうしたのはわかっている。今の質問は見当ちがいもはなはだしい。

「わたしは、きみがルシアン・モリアーティのために偽造した書類を一枚残らず手に入れたい」

「そんな名前にはまったく心当たりが……」

「むろん本名など使わないだろう。彼の偽名ならきみにも心当たりがあるはずだ。彼はアメリカに頻繁に飛んできているが、その際には必ずここワシントンＤＣのダレス国際空港に降り立つ。どれほどの出費になろうとね。わたしは過去六ヵ月間の彼のフライトを追跡してみた。到着がいつも水曜日であることに、きみは理由があると思うか？」

　返事はない。

「考えてみよう。水曜の夜、きみの不倫相手の女性はどれほど遅くまで仕事をする？　彼女が税関職員であるのは好都合だろうな。たとえパスポートのＩＣチップがその場になくても、彼女のＩＣタグ・リーダーで常に正常に読みこめるから便利だ」

　無言に続いて、扉をこぶしでたたく音が聞こえた。

　この時点ですでにわたしは靴を調べ終えていた。疵の補修はさしてむずかしくないだろう。今のようにわたし自身に近い変装（黒い服、ブロンドのウィッグ）をせずに、自分とはまったくかけ離れた人物の変装（ひたすら男の視線を集めるために創造した砂糖菓子、ヘイリー）をする際、ぴかぴかに磨き上げるとしよう。今夜、わたしがほぼ自分自身の姿でいるのは、わたしが現時点で使えるほかの変装のすべてをクローゼットの中にいる男がすでに目にしているからだ。今夜の職場訪問は目立たないものにしたかった。

話が脱線した。先ほど述べたように、わたしの靴にはなんの問題もない。そこで、わたしはハンマーをつかみ上げた。高く放り上げながら告げる。

「次の五分間に何が起こるか、今から示そう」

日の暮れかかった薄明かりの下で、光沢のない金属が黒く見える。こうした細部にワトスンはよく気がつく。彼の名が頭に浮かんだとたん、わたしの声は険しくなっていた。

「ふたつにひとつだ。きみがルシアン・モリアーティの偽名とその名義で作られたパスポートをひとつ残らずわたしに渡すか、もしくは、わたしがきみの家に戻って息子の寝室に侵入するか。わたしは息子がぐっすり眠っているのを確かめ、次にこれを彼の喉にたたきこむ」

強調したいなら一秒間待て、と父から教わっているので、そのとおりにした。それから相手に思い知らせるため、クローゼットの扉にハンマーをすばやく振り下ろした。

中で男が悲鳴を上げた。

「このみじめな穴蔵からきみが這い出る前に、わたしはきみの家に行き、そのあと姿をくらますことができる。あるいは、その退屈なプロセスをまるごと回避し、わたしの求める情報をきみが提供することも可能だ。きみの情緒不安を勘案し、この申し出について考慮する時間を三十秒与えよう」

「そうか、ジェナか」

彼はまさかという口調で言った。

「ダニーのガールフレンドだったジェナだろ。あの子がドッグパークで知り合った……」

自制する間もなく、あのとき使ったジェナの〝お願い、わたしを好きになって〟口調が出てしまった。

「まあ、ミスターB、あなたのテリア、なんて愛らしいの。名前は？　わたしもずっと飼いたかったんだけど、両親が絶対に許してくれなくて。この子がうらやましいわ、こんなにも愛してくれる家族に恵まれてるんだもの！　このかわいい尻尾といったら！」

いつまでたっても彼から反応がないので、脅しすぎて脳卒中を起こさせてしまったかと一瞬だけ恐怖を覚えた。扉の下からもれるかすかな音に気がついた。音の正体は……彼がすすり泣く声だった。

わたしは手の中のハンマーを見下ろした。

最近のわたしは、自分が残忍になりうることを知り、そのことを受け入れている。

ここ数年に関する事実（記録してくれたワトスンに感謝する）を踏まえれば、何を今さら、と思われるかもしれない。わたしは一番ましなときでもすばらしい人間というわけではないが、これまでその理由を子細に分析したことがなかったのだ。

わたしは単にわたしでしかない――自分自身をたたいて延ばして像に仕立てた女の子だ。ほかの像の亀裂や欠陥を探し、それらを記録し、そこにつけこんで利用し、わが身が大理石のように光るまで自分の疵《きず》を磨くことこそが最良だと信じてきた。けっして傷つかない存在になる必要があった。自分が信じこむまで、わたしは傷つかないと言い聞かせた。残念ながら、そのあとに続いたのは一連の爆発だった。都市の中で堂々たる大理石の柱になるのはすばらしいことだ。その都市が燃え落ちるあいだ、自分がばらばらの破片になっているのに気づくのはまったく別の話である。

その都市はかなり長いあいだ燃え続けている気がする。

毎晩眠りにつく前、わたしは目を閉じ、最後に自分が完全に冷静さを失ったときに何が起きたかを思い出す。考えるのはオーガストのことだ。みずから最悪の天性と戦っていると信じ、希望や警察やおそらく子犬やクリスマスを信じ、わたしのことをどうにもならない自分の影のように愛してくれたオーガスト。彼の苦しむ様子を見るのをわたしが望んだばかりにサセックスに来てしまったオーガスト。

起きたできごとを物語として考えることは、わたしにはとうていできそうにない。いくつもの独立した事実に分解し、それらをひとつひとつ光にかざすほかない。

1. ルシアンがシェリングフォード高校でわたしを偽の殺人容疑で絞首刑にするのに失敗し、そのあと新しい計画を考え出した。
2. それは脅迫。対象はわたしの両親であるアリステア・ホームズとエマ・ホームズ、およびわたしの大好きな叔父レアンダー。
3. その条件。ルシアンの弟へイドリアンと妹フィリッパが主導する絵画偽造団からレアンダーを遠ざけておき、彼らの仕事の邪魔をさせないこと。さもないと、
4. ルシアンはわたしの父が所有する唯一の資産、すなわちロシアマネーにつながる海外口座の存在に関して政府機関に警告する。
5. 最初に両親がそれを拒否したとき、ルシアンはわたしの母を在宅診療している医師(ルシアンの配下の女)に命じて母に毒を盛らせた。
6. その件について、両親はわたしに何ひとつ知らせなかった。
7. そうする代わりに両親は、わたしにドイツにあるマイロの会社に行くよう命じた。そこではオーガスト・モリアーティが従業員として働いていた。両親はその場所

ならわたしの身が安全だと考えたのだ。

8. ほどなく、ホームズ屋敷のセキュリティシステムが切られているあいだに、母が在宅診療医を制圧し、自分の服を着せて薬物で眠らせた。そうやって現場を演出し、あたかもルシアンの計画がうまく進んでいるかのように装った。

9. 母の演出にはウィッグと衣装がともない、その手法は（唯一その手法だけは）わたしの好むところだ。

10. わたしの両親が次に打つ手について議論しているあいだ、レアンダーが屋敷の地下室に身を隠した。

11. 繰り返しておくが、これらについてわたしは何も知らなかった。

12. 知らないという事実を、わたしは自分の罪悪感を免除するために長きにわたって利用した。

13. ここで注意。ルシアン・モリアーティはこの計画を海外から実行し、自分ではいっさい手を下さず、近づいてもおらず、しかもわたしの兄が監視していたにもかかわらず、あっという間に姿を消した。

14. 悪趣味かもしれないが、わたしは彼の手際を賞賛する。

15. わたしが突き止めたのは、ルシアンがわたしの母に毒を盛っていること、ホームズ家が経済的に困難な状況にあること、そして、両親が叔父を地下室で拘束していることである。それらのことからわたしは、両親が財政問題を取りつくろうために叔父を監禁して相続財産の取り分を譲渡するよう迫ったのだろうと推理した。

16. 一応言っておくが、わたしはこの長い年月において、両親が善意を持っていると信じるに足る根拠をほとんど与えられてこなかった。

17. それでもやはり、わたし自身の過失が招いた結果から両親を守る必要を感じた。しかも、ルシアン・モリアーティを檻に閉じこめて鍵をどこかに放り捨てるという追加特典つきで。

18. わたしの計画はシンプルだった。モリアーティ一族の偽造団をたたきつぶし、黒幕であるヘイドリアンとフィリッパを英国のホームズ屋敷に連行する。そこで、叔父の行方不明について彼らに罪を着せ、わたしの両親の責任をまぬがれさせる。その行為によってルシアンを隠れ場所からおびき出す。彼はホームズ一族の働きで自分の一族が逮捕されることをけっして許さないだろうから。

19. 母の計画はシンプルだった。叔父のレアンダーが致死的でない薬物（ルシアンが母に与えたのと同じ薬物）を彼自身も同意の上で摂取し、病院に駆けこみ、ヘイドリアンとフィリッパに毒を盛られたと主張する。その行為によってルシアンを隠れ場所からおびき出す。彼はホームズ一族の働きで自分の一族が逮捕されることをけっして許さないだろうから。

20. ここに書かれた情報から、あなたはおそらくこう考えるだろう。ふたつの計画はみごとに調和するだろうと。

21. それは誤りだ。

22. すべての事態が進行する中、わたしはワトスンを引きずって英国に戻った。そして、われわれ全員が屋敷の裏庭に集まったとき、このドラマの取るに足りない登場人物たちがどうなったかというと――ヘイドリアンとフィリッパが警備を振り切って逃げた。わたしが介入したこと、父と母の罪を厚かましくも推理したことに対し、父が激高した。レアンダーが恐怖に襲われ、疲れ果て、ひどく具合が悪くなった。そして、オーガスト。彼は両手をあげ、停戦を請うた。

23. わたしの兄マイロが思惑よりもだいぶ遅れて到着したとき、遠距離から目にしたオーガスト・モリアーティをその兄へイドリアンと誤認し、その場所から狙撃用ライフルで撃ち殺した。

24. これらが事実である。

25. ただし、わたしが理解したかぎりの。わたしが何かを少しでも理解していたとすれば、だが。

ご存じのように、わたしはだれも信用しないことに慣れている。いかなる計画においても単独でいようとしてきた。

その結果、どうなっただろう？　わたしは置き去りにされるはめになった。レアンダーはいなくなった。マイロは殺人者になった。オーガストは雪の裏庭で絶命し、彼の死がわたしの過失であると知りながらワトスンはその場に残った。それはわたしにとって甘受できる精いっぱいのことであり、耐えられる精いっぱいのことだった。

以上のことをあえて記憶しておくつもりだ。言わば懺悔として。苦痛をやわらげる意味ではなく、むしろ苦痛を生々しく維持するために。だれも信用しないことは当然のありただと自分が信じ始めたとき、わたし自身の中にある一部は、そうした変化を〝感じ取った〟が、その一部をわたしはいとも簡単に自分自身から分離させてきた。わたしはずっとまちがっていた。わたしはその習慣を捨て去ろうとしている。

あなたはあらゆる理性の下に隠れている血を感じる必要があるわね、とグリーン警部に言われた。あなたは血を感じなくてはいけないし、それを感じることに後ろめたさを覚えなくていいの。さもないと、とにかく同じような状況が生じたときにあなたはひどく圧倒され、衝動のみにしたがって行動してしまい、とても愚かな行為を繰り返すことになるから、と。

　わたしが愚かであるとほのめかされるのは気に入らなかったが、たとえそうでなかったとしても、わたしの手法が機能しなくなっていることは自覚していた。しかも、わたしはこの上なく優等生である。だから、できるかぎり頻繁に〝ものごとを感じる〟よう取り組み始めた。みずから制御の枠をはずし、胸の奥底に存在するどんなに些細でくだらないことも解放するように。

　グリーン警部はこう考えたのではなかろうか。わたしが家族やワトスンや自分自身に償いを始めるだろう、と。彼女が許可したこの機会をわたしが〝利用〟するだろう、と。そして、彼女が絵のように美しいカップにカモミールティーを注いだら、おそらくわたしがソファにすわったまま絵画のように美しく泣き崩れるだろう、と。だとしても、だれが彼女を責められようか。

　わたしは彼女を責めなかった。泣きもしなかった。怒りをたずさえたままその場から逃げた。わたしには〝フライにするべきもっと大きな魚（もっと大事なほかの仕事）〟があるのだ。

　そのような事情で、わたしはクローゼットの扉のこちら側でささやかな残酷さを発揮している。その残酷さはとてもみすぼらしく、〝まる二週間自分の家に入れてやった少女に告発される〟類のもので、わたしが解決しようとしている事件には不必要であり、開いた傷口に塩をすりこむために特別に作られた一連の言葉が使用される。にもかかわらず、そのように感じることも、このひどい男が金のためにもっとひどい男を幇助《ほうじょ》してきたと知ることも、彼にその愚かさをとことん理解させてやりたいと思うことも、人間的なふるまいと言えるだろう。

彼はすでに自分の十代の息子のガールフレンドと会っている。シャーリー・テンプルのような無害な外見の中に有毒物があることに気づくべきだった。

「なんてこった。おまえは最低の女だ。そもそもいくつなんだ？　おれの息子にいったい何をした？」

「残り十秒」

ふたたびハンマーをクローゼットの扉にたたきつける。板がへこみ始めた。

「九……八……」

観念的な意味において、息子に対しては気の毒に思っている。それは、まったく何も感じないわたしにとっては進歩と言えるだろう。ダニーはちょろいカモだった。途方に暮れたような顔つきで、寒いのに汗をかき、連れている小型犬のせいで滑稽なほど図体が大きく見える男の子。彼はわたしに対して肉体的な試みをおこなうことにひどく臆病で、それはまさにこちらの意図にかなった。彼とわたしは彼の家の裏庭でテリアの〝ボタン〟と遊ぶことが多かった。ボタンは走るのが得意で、板塀の隙間から逃げてしまったとき（むろんわたしが板をゆるめておいた）、わたしはダニーに大急ぎで犬のあとを追わせ、そのあいだに父親の仕事部屋に忍びこんで必要な証拠書類を捜索した。暖炉の上に飾られた写真を見ただけでほとんど用は足りた。双胴船に乗ったダニーと父親、スペインのサグラダ・ファミリア教会の前に立つダニーと父親、サファリのジープに乗っているダニーと父親と背後にぼやけて写っている母親。ルシアン・モリアーティから得た汚れた報酬の使途がわかった。あとは証拠があればいい。

一週間にわたってボタンは毎日逃亡した。冒険心に富んだ犬だ。

ダニーを傷つける気はさらさらない。だが、それを父親に知らせる必要はない。

「三……二……一」

そのタイミングでクローゼットの中の男は震える息を吸いこんだ。

太陽が完全に没するころには、わたしは必要なものをすべて手に入れていた。

「息子にはなんと言えばいいんだ？」

わたしが道具をしまっているとき、彼がきいてきた。

わたしは答えずにおいた。それはわたしの問題ではまったくない。

宿までの五ブロックを歩くのに、いつものように四十五分かかった。尾行されているのではないかと二度ほど考え、一度は実際に尾行されているとわかった。ふつうローカル新聞をあんなふうに脇に抱える者はいないし、そればかりかわたしが店のウィンドーの前を通ったら、店内で監視中だった彼らのひとりが新聞で顔を隠した。わたしは来た道を引き返し、すばやくスターバックスのトイレに入ると、新たな変装〈ウィッグ、ヨガパンツ、トレーナー〉に着替え、スポーツウェアでジョギングする若い女性の一団が通りかかるまで待ってから、安全な距離を保ちながらその一団に加わった。

宿に着いたときにはくたくたになっていたが、やらなければならないことがある。まずウィッグをはずし、ベッドの下に入れてある木箱の中に敷いたシルクの上にそっと格納する。顔と靴底を徹底的に洗う。ドアと三ヵ所の窓と大きすぎる通風口をそれぞれ封鎖する。この通風口の存在が理由で、当初はこの部屋を借りるのをやめようとした。コミュニティサイト〈クレイグズリスト〉の転貸情報に部屋の詳細が記されていることはめったにない。利用者は投稿すべき正しい質問を知っておかねばならない。

これら一連の作業には時間を要するが、わたしが生き延びることに直結するかぎり、お決まりの作業を退屈だと感じたことは一度もない。わが身が安全だと確信できたところで、わたしの発するいかなる物音もかき消すほどの音量レベルでショパンのエチュードを鳴らしながら、カメラや盗聴器や精巧なドリル穴がないか部屋中を丹念に調べた。ひとつも見つからなかった。

その作業を終えてもまだ午後九時だった。しばらく考えたのち、ひとりの夜をすごすには以下のような選択肢があると結論づけた。

1. コートの裏地の中に隠してあるオキシコドンの残りを取り出して摂取する。
2. 流しておくテレビ番組を見つける。ただし、殺人や身体的危害、鎮痛剤、恋愛関係および英国に対する言及のないものに限定。奇妙かもしれないが、シャーロック・ホームズに触れられている番組も願い下げだ。〝奇妙〟という語を使ったのは、わたしの曾曾曾祖父がきわめて奇妙な場面で引用されるから。わたしは『スター・トレック』の傑作選を観るのが好きだったことがある。エピソード群はわたしの基準を満たしていたし、好きなアンドロイドのキャラクターが出ていたからだ。そのアンドロイドが鹿撃ち帽をかぶり、『スター・トレック』版ワトスンとともに犯罪事件を解決する回がいくつかあった。今のわたしは新たな番組を必要としている。

3.

コートの裏地の中に隠してあるオキシの残りを取り出す――そのコートは服装の趣味がすばらしい叔父のレアンダーが二年前のクリスマスに贈ってくれたもので、今でも身体にぴったり合うが、それというのも、ちょうどあの年に身体に悪いものを断つために食べるのをやめようと決心したからで、まさにその目的のためにポケットを切り取ってある。ことによると、そのあとでわたしは暗闇の中へと出かけ、モリアーティの刺客に尾行させてポトマック川にかかる特定の橋まで誘い出すかもしれない。その橋ではこの数日のあいだに四回か五回、相手を確実に仕留める機会を確認している。わたしは隠匿しておいた薬物を携帯するだろう。そして、ハイな気分（薬物によるハイではなく、自分が結局はその中に逃げこんでしまうかもしれない夜から離れていると知ることによるハイ）になり、そこで薬物を使う。もしもそれで終わりになれば、ようやく終わりになれば、ブーツからナイフを引き抜き、その切っ先をモリアーティの刺客の喉に深々と突き刺すことだろう。そして、ワトスンを追い回す者がまちがいなくひとり減り、彼がその分だけ少し安全になったことを確信する。部屋に戻ってから、手ひどいしっぺ返し（警察の介入か、暴力による報復）が来るのを待ちながら、自白供述書を書く。たぶん最後の仕上げとして、母が初めて化学実験セットを与えてくれたあの三月の日曜日に撮影した写真を引っぱり出すだろう。写真の中で母は片手をわたしの肩に置いている。わたしは笑っており、まだ子どもだ。その写真を見つけてもらえるようポケットの中に入れておく。最後にもう一度だけ、行方不明の少女のカードを捜すゲームをするのだ。この無言の罪の告白はまちがいなくわたしの家族のだれかの心に訴えるだろうが、ワトスンは悪趣味だと見なすと思う。（夕刻になるといつもわたしは、自分がこの結末を画策する可能性を認め、夜になるといつも、それがいかにむだであるかを自分に思い出させる。いかに自分自身をむだにしているか、自分の技能をむだにしているか、自分の知力をむだにしているかを思い出させる。わたしはむだな存在ではない。けっしてちがう。わたしはそんなことをするつもりはない）。

4．薬物の残りを写真に撮り、摂取していない証拠としてグリーン警部にメールし（言うまでもなく自己申告制度だ。何よりもわたしは公正であろうと努めている）、薬物をコートの中に戻してから、いまいましい化粧ポーチの掃除をする。

わたしは写真を撮って送った。それから、歯を食いしばってポーチに入っているメイク道具を床にばらまくと、水で濡らしたペーパータオルでごしごしこすり始めた。

乗車予定の列車は八時間後に出発する。正午までにはニューヨークに着くだろう。

第三章　ジェイミー

ニューヨーク市に着くまで、父はずっとマドンナの曲を流していた。

それもラジオでふつうに聴けるようなメジャーな曲ではなく、隠れた名曲ばかり。どちらかというと父はボブ・ディランが似合いのタイプなので、ぼくはその選曲に首をかしげたけれど、そういうところがいかにも父らしい。特に〝マイ・プレイグラウンド〟の歌詞をどうやら全部覚えているとわかったとき、やはり変人なのだと感じた。

父の変人ぶりについて、いつもあまり深く考えない（そんな時間もなかった）けれど、それより不思議に思ったのは、ぼくが車に乗ったときになぜレアンダーがあれほど上の空だったのか、だ。彼は挨拶の言葉も口にせず、ただうなずいただけで、父のカムリの助手席にすわっていながらどこか遠くにいるみたいだった。

レアンダーはぼくに対して（いや、だれに対しても）あんな態度をとらない。血のつながりはないけれど、ぼくが本当の叔父のように思う存在であり、ホームズの実の叔父であり、ぼくの知るかぎりではホームズ一族の中で一番人間味がある。クリスマスには友人たちを招待し、部屋に入ってきた相手にはほほ笑んでみせ、父の誕生日パーティも催してくれる。それこそが人間のふるまいというものだろう。

でも、それだけじゃない。去年、父が英国からぼくとレアンダーをコネチカット州の家に連れてきて数週間たったときのこと、レアンダーは病気のせいでまだ衰弱しており、ぼくは身も心もぼろぼろだったから家族のだれもがぼくをひとりにさせまいとしていた。父は何日もずっとぼくたちのそばに張りついていたけれど、とうとうスーパーで買い物をするために家を空けた。ぼくの義理の母であるアビゲイルは仕事で留守だし、義理の弟はふたりとも学校だった。

ぼくは予備の寝室にひとり残され、眠っているとき以外はたいていそうだったように、天井のファンをじっと見上げていた。ぼくはほとんどいつも眠っていた。朝も、夕食までの時間帯も、太陽の沈んだすぐあとも。ただし夜だけは眠らず、じっと静かに横たわったまま自分の呼吸を数え、夜の時間が減っていくのをながめ、とうとう起き上がり、外の雪の上にオーガストが倒れているという思いを振り払えないまま廊下を徘徊した。

オーガストとぼくは仲のいい友人というわけではなかったけれど、彼はまっとうな人間で、とことんまっとうであるがゆえに代償を払うはめになった。かつて、ぼくはホームズの世界で生きられると思っていた。ナイフの刃を素手で握ることができ、両手でガラスに穴をあけられ、影のように彼女につきまとう暴力から生き延びられると思っていた。でも、今では無理だとわかっている。そこにぼくのような人間の居場所などないのだ。

父がぼくとレアンダーを家にふたりきりにした日、ぼくは永遠ともいえるほど長いあいだ人と話していないことに気がついた。折れた鼻はすでに治っていたけれど、口を開けるとまだ痛みが走り、いずれにしても「ぼくはたった今、自分が臆病者だと気づいたよ。プレッシャーに耐えられない。家に火をつけて大火事にしてやる」とちゃんと言えるか自信がなかった。でも、問題はない。ぼくはベッドに戻って眠るのだから。高校の授業が始まるまであと一週間ある。今のところはまだ人間になっていなくてもいい。

レアンダーには別の計画があった。下の階から、キッチンに下りてくるようぼくを呼んだ。その日の朝、少量のブイヨンを強制的に飲まされたけれど、きっと何か食べるよう説得されるのだろうと考え、ぼくはのろのろと階段を下り、長く横たわっていたせいでふらつく頭を抱えながら、レアンダーの前に立った。

レアンダーはぼくを見つめた。長いあいだじっと。それからテーブルに身を乗り出し、咳払いをしてから、かすれた声で言った。

「ジェイミー、その新しい髪型だときみがドンキーコングそっくりに見えることを知っていたか?」

ぼくは思わず笑った。息ができなくなるまで笑い、椅子にすわり、そこで泣き、レアンダーが肩に手を置いてきて、それからやっと何が起きたのかを言葉につまりながら話し始めたのだった。

何が言いたいかというと、レアンダーは彼の一族とはちがってあの暗い表情で考えにふけることはないということだ。それでも今、車の中の彼は何かをじっくり検討しているようだ。ぼくは本能的にそれを手助けしたいと思ったけれど、それは昔のジェイミーの戦術だと自分に言い聞かせた。昔のジェイミーは他人の争いに首を突っこみ、彼らのために戦っては事態を悪化させた。今のぼくはふつうでいようと努めている。ふつうというのは、おとなの問題はおとな自身に解決をまかせるということだ（おまけにぼくは電話のチェックで忙しかった。今のところ、あの正体不明の番号からメールは届いていない）。

おとなである父は、深い物思いに沈んでいるおとなの親友に、〝マテリアル・ガール〟を大声で歌うことで対応している。少なくともシングル曲に切り替えたらしい。

「父さん。……父さんってば」

車はまだあと四十分走らないとマンハッタンに到着しない。

父は片手でハンドルを操作し、片手をカップホルダーの中に突っこんで小銭を探りつつも、歌声は止めようとしない。

「頼むからやめてよ」

　ぼくが言うと、レアンダーの顎の筋肉がぴくっと動くのが見えた。

「父さん」

「すぐ先の料金所で・二十五セント・必要なんだ」

　父が曲に乗せて答えた。

「ねえ、父さん……」

　そのとき、助手席のレアンダーが父のほうも見ずに声をかけた。

「ジェームズ、音量を下げてもらえないか？」

「エディンバラにいたときは、ふたりでよくかけて聴いたじゃないか。夏至のパーティを開いたときだ。覚えてないか？」

「覚えているとも。頼むから音量を下げてくれ」

　父はカーステレオに手を触れようともせずに答えた。

「今このことについて話す必要はないだろ？」

「きみは息子を学校から連れ出したんだぞ。われわれはニューヨーク市内に入ろうとしている。この件について話しておくべきだと思うがね」

　車が料金所に近づいた。父はウィンドーを下ろし、思いもかけない乱暴さで硬貨をバスケットに投げつけた。

シャーロット・ホームズとすごした年月を通じて何かを学んだとしたら、それはこのような場面では口をはさまずに最後まで話を展開させたほうがいい、ということだ。こちらの不用意なひと言でホームズ家の人間は話題を変え、肝心な話を道路の上に置き去りにしてしまう。

ようやく父がふたたび口を開いた。

「この子は春になったら卒業する。勉強も順調にやってる。かわいいガールフレンドもいるし……」

「それの何が問題なのか、おれには理解できない」

レアンダーの口調は柔らかいながらも断固としていた。彼が話しているとき、ときどき抑揚の中にシャーロットの響きが感じ取れる。彼女だったら、使う言葉の数がもっと少ないだろう。「的はずれだ」とか「ワトスン、よせ」とか。とはいえ、いらだっているのは同じだ。

父はルームミラーに目を上げ、ぼくと視線を合わせた。

「ジェイミー。この一年間……まあ、おまえも知ってるだろうが、レアンダーはずっとシャーロットを見張っていた。あの子の居場所、あの子が関心を持ったもの、そういったことを把握してたんだ。その判断がどんなに賢明だとしても……」

「それはどうでもいい」

　レアンダーがぴしゃりと言った。

「おれの役目は承認を与えることではない。監視することだ。あの子が生きているのを確実にする者が必要だった。あの子の兄ではその役目を果たせない」

　マイロ・ホームズは彼の殺人容疑に関する小さな問題に対処するために、代表を務めるグレーストーン社から休暇をもらっている。〝彼の〟殺人容疑と言ったのは、引き金を引いたのが彼だからだけど、世間（と法廷）が知る範囲において、彼は無実だ。マイロの部下のひとりが身代わりとして逮捕される準備をしてきたし、部下は刑務所に入ったら莫大な報酬を約束されているにちがいない。

　それでもなお、モリアーティを射殺したのがホームズ家の従業員であることに変わりはない。マイロはいつだってメディアの記事をきれいさっぱり消し去るほどの力を行使してきたのに、今回ばかりはもみ消せる範囲を超えていた。事件はセンセーショナルで、いたるところにニュースがあった。ぼくはそれを無視するために、できることはなんでもしている。

　ぼくたちにわかる範囲では、マイロは約束を守った。妹と妹の問題から完全に手を引いたのだ。そうしたのは彼だけじゃない。

サセックスの家の裏庭でいったい何が起きたのか。ぼくは、自分がそれについてどれほど知らないかを悟った。

ぼくはホームズの行動を理解しようと、すぐそばで彼女をじっと観察していたので、あと二歩後ろにさがったら見えたはずの全体像が見えなかった。ホームズは最初から、自分の父親がレアンダーを監禁していると判断していたのだ。父親がルシアン・モリアーティに脅迫されてそうしたことも、そこに家族の金銭問題がからんでいることも、彼女にはわかっていた。なのに問題に真正面から立ち向かわず、娘に対してひどい扱いをする両親が実際にひどい人たちであることを認めもせず、その代わりに彼女は、ほかのだれかに罪をなすりつけるという願望を充足させるための作戦にぼくを無理やり引きずりこんだ。

控えめに言っても、結末はめでたしめでたしとはいかなかった。

レアンダーの拉致と屋敷の裏庭で起きた殺人の結果として、エマ・ホームズとアリステア・ホームズは別居した。いずれにしても、ふたりのあいだにどれほどの愛情が残っていたかはだれにもわからない。ぼくにはひとかけらも見えなかった。報道によれば、エマは息子を追い回すメディアの喧噪を避けるために、娘を連れてスイスの別荘に隠れた。アリステアはサセックスの海辺の屋敷にひとり平然と残った。屋敷は売りに出されている。彼にはもはやそれを維持するだけの金銭的余裕がない。

公式にはそういう話になっている。

去年の七月、ぼくが夏休みのあいだ母の家に帰省していたとき、レアンダーにランチに誘い出された。レアンダーは〝用件をいくつか片づける〟ためにロンドンに滞在していると言っていたけれど、あとでその用件が姪っ子に関係するものだと知らされた。

——ジェイミー、きみがこの話をしたくないのは承知しているが……。

実はシャーロット・ホームズはスイスにいなかった。サセックスにもいなかった。すでに十七歳になっているので、二十一歳から受け取れることになっている信託基金の早期利用を申し立てた。申し立ては却下された。彼女の行動が公式記録に残っているのは、それが最後だ。

レアンダーはその事実をスイスのルツェルンで突き止めた。シャーロットの母親を訪ねてスイスに行き、そこに姪の姿がないと知ったときのことだ。エマは娘の所在地を明かすことを拒否した（「あの子の安全のためよ、レアンダー、ルシアン・モリアーティが今も虎視眈々とあの子を狙っているのをあなたも知っているでしょう」）。レアンダーはシャーロットの痕跡を追い、数週間かけてフランスをめぐり、パリからユーロスター高速鉄道でロンドンに向かった。痕跡はそこで途切れた。彼はヒースロー空港にいる情報提供者から何かわかるのではないかと期待をかけていた。

レアンダーはぼくを連れ出したバーガーショップで、ぼくが口いっぱいに頬ばるのを見計らってから、これらの情報を一気にテーブル上に落とした。まるでソルトシェイカーを逆さにするみたいに。

ぼくは猛然と咀嚼しながら、そんなこと知りたくない、と抗議した。ぼくはもう終わりにしたんです、マイロも終わりにしたし、ぼくたちはみんなこの件と手を切ったんです、あなたもそうだと思ってました、と。

おれはあの子を混乱状態から救い出そうとはしていない、と彼は言った。

ぼくは口の中のものを飲み下してきいた。だったら、なんでこの話をぼくにしたんですか？　彼に答える間を与えずにぼくは言った。答えなくていいです！

それで話は終わりになった。

ところが、ぼくたちはまたここでいっしょにいる。ニューヨーク市の高いビルの街並みが超特急列車のようにぐんぐん迫ってくる。

「父さん。ぼくはてっきり〈シャーロック・ホームズ・クラブ〉の面々とのへんてこなランチにまた無理やり連れてこられたんだとばかり思ってたのに、なんでそこにシャーロットの話が……」

「ちょっと待った」

レアンダーがそう言って少し身を起こした。

「きみはシャーロック生誕の週末祝賀会に息子連れで行ったのか？　一月の会に？　おれは何年も出席を断っているのに」

「そいつはもったいないぞ。ランチはビュッフェの食い放題だし、ホームズマニアの一年を読む滑稽五行詩は笑えるし……」

「もしも五行詩の主題がワトスンマニアで、だれもがきみの頭にシルクハットをのせたがり、だれもが『恐れ入ったよ、ホームズ！』的なセリフを期待していたとしたら、きみの感想もだいぶちがってくるだろう」

「おれは日常生活でも思わずそのセリフを言うことがけっこうあるけどな」

「きみは絶対に言わない。そんなセリフをきみの口から聞いたことなど一度もない」

「きみがおれにそう言わせたがってるのはわかってる。そんな必要はないさ。きみは自分でその機会を提供してるんだから」

「おれがきみから聞きたいのは、たった一度でいいから……」

そこで父が咳払いをしてさえぎった。

「シャーロッキアンの人たちは、おれたちに本当によくしてくれるんだ。食事もすごくうまい。ヨークシャー・プディングとかな。それに、おれは毎年、トリビアクイズで優勝してる。彼らからは〝シャーロッキアン・キラー〟って呼ばれてるよ。どっちみちアビーはその手の集まりにはいっしょに出席する気がさらさらない。あいつはおれのことを、南北戦争を再現ドラマで演じる人みたい、って言ってるよ。それでも、きみは非難できるか、おれが息子を連れていくのを……」

車の前部座席から、長い冬のあいだずっとガレージに駐めておいた車のエンジンを始動させるときみたいな音が聞こえてきた。レアンダーの笑い声だった。父は前方の道路に顔を向けたまま横に手を伸ばし、親友の肩をつかんだ。

ふたりの様子をながめていると、信じられないほど悲しい気持ちになるのはどうしてだろう?

ぼくは前部座席に向かって指摘した。

「ふたりともまだこの旅の目的をちゃんと説明してないよ。じゃあ、〈シャーロック・クラブ〉とかに行くんじゃないんだね。最終学期からぼくを抜け出させて『レ・ミゼラブル』の舞台を見せるのでも、ベーコン・ドーナッツを食べに行くのでも、ウォルマートの駐車場に車を停めて警察無線を傍受するのでもなさそうだし。ほかに何がある? 何かの予行演習? いったい何がどうなってるのか教えてよ」

父は穏やかな口調でぼくに言った。

「おまえが気にかけるなんて思ってもみなかったな。シャーロットの話になると、いつも聞きたくなさそうだったから」

父との関係を築くのに今まで何年もかかった。週末のランチとか、家でのディナーとか、たまに水曜の夜に出かけるブロードウェイへの奇妙な旅とか。でも、例の独りよがりな声で父から何かひと言言われただけで、ぼくは全身で反発を感じてしまう。単に父がどんな顔をするか見たいという理由から、今にも「わかったよ、ぼくは車に残って待ってる。たぶん母さんに電話して、新しい彼氏のことでも話すと思う」と言いそうだった。

幸いにも、ぼくはもう子どもじゃない。

ぼくはできるだけぞんざいに同意した。

「確かに父さんの言うとおりだよ。ぼくは気にかけてない」

「だったら、車で待っていなさい」

鋭い口調で言ったのはレアンダーだった。ぼくは子どもではないけれど、そのときは自分が子どものように感じた。

というわけで、ぼくは車で待っている。

今いる場所はソーホーだと思う。ぼくはニューヨークが好きで、ちょっとは知っているけれど、自分の現在位置を正確に言うのはむずかしい。アッパー・マンハッタンでは堂々と走っている道路がロウワー・イーストサイドではほとんど愛らしいと言えるほど曲がりくねった通りに変わることを知っている。でも、聞いた話だとこの地区は家賃が高く、とても住めそうにない。進学先としてブルックリン・カレッジを検討していたけれど、マンハッタンの大学には願書を出さないことに決めた。出願書類を読んでいるとき、職人技のライスプディングや最新流行のボウリング場、縁のあるハットをかぶった人たちや彼らがそれを脱ぐところを頭に思い描いていたものの、自分がうまくそこに適応できそうに思えなかったので、リストから消し去った。

もちろん、ブルックリンには一度も行ったことがない。ぼくの感覚にはひとつも実体がともなっていないのだ。

シャーロット・ホームズとあちこち行動をともにしながらぼくが思い知らされたことのひとつが、まさにそれだった。つまり、ぼくが思い描いているすばらしい世界のイメージは、実際にはひとつとしてぼくの考えたものではない。一連の模倣犯罪を解決するには、基本的な資料を長期間にわたって緻密に調べないとむずかしいのに、ホームズとぼくは幼稚にもシャーロック・ホームズと彼の相棒の医者をまねようとした（ぼくの父とレアンダーはその段階から成長したようにはまったく見えない）。文学作品の中でしか知らない人物のようにふるまう行為はあくまで現実とは別物なのに、ぼくの空想しがちな傾向はそこだけにとどまっていられない。通っている全寮制学校を見渡すと、その場所自体が映画『いまを生きる』や小説『セパレート・ピース』から思い起こされるイメージと激しく対立する。フィクションが何層にもなって現実の上をおおっているのだ。ぼくは世界というものを写真を通してではなく、絵画を通して見たいと望んでいるのだろう。

ものごとを推測したり想像したり評価したりするぼくの傾向すべてに、それが影を落としている。この前の秋、エリザベスが何気なくぼくのことを、〝ロマンティック〟なボーイフレンドでないところが好きよ、と言ったことがある。ロマンティックなものは居心地が悪くなるから、花とかそういうのが嫌いなの、と。でも、どこか残念がっているように感じられたので、その意見をぼくに否定してほしかったのではないかと思う。正直、それまでぼくはそういうタイプのボーイフレンドではちっともなかったので、行動をあらためることにし、彼女を森の中のピクニックに連れ出した。もし必要とあらばこれが全然ロマンティックじゃないふりをしてよ、とぼくが言ったら、彼女は笑っていた。ぼくたちはリーナ宛てに彼女の姉から届いた荷物からワインを失敬してきて飲んだ。もしも途中で、ピクニックのアイディアがボーイバンド〈L・A・D〉のミュージックビデオからの借りものだと気づかなかったら、もっともっとロマンティックになっていたと思う。

そして今、ニューヨークに対するぼくの感じかたが、いかに映画から（それも実際にロケすらしていない映画から）の借りものであるかを実感している。父の車のまわりにちらほら舞う雪を見ながら考えているのは、何年も前に深夜テレビで観た映画のことだ。映画の中で、男の子と女の子がひと晩中当てもなく街をさまよい、会話を交わし、ほんの少し恋に落ちる。ふたりがいるのはヨーロッパで、一年たっても相手に対してまだ同じ気持ちを抱いていたら同じ場所で再会しようと約束する。そういうものを求めて人びとは大都市に出るのだ、とぼくは思った。可能性とか、チャンスとか。相手のコートの胸に顔をうずめて、その相手がとても大切だというように息を吸う女の子とか。

今日、ソーホーをうろついているのはまた別の幻だ。そんなものは認めないと言えば、ぼくは自分に嘘をついていることになる。黒いコートの襟を立て、おしゃれな黒いブーツを履き、ハットを耳まで引き下ろしてかぶっている大勢の女の子たち。まっすぐな黒髪をなびかせて、確固とした足取りで歩く女の子たち。彼女たちはみんな、シャーロット・ホームズ。

見劣りのするイミテーション。

ここで待ってろよ、と父がぼくに言ったとき、車のドアが閉まる直前に、レアンダーが

〝モーガンの息子〟とかなんとか言うのが聞こえた。ふたりはパティスリーの上にあるアパートに入っていった。スプリング通り一九一番地、アパートメント5。ほかのことはともかく、ぼくは周囲に注意を払う方法だけはしっかり学んできた。父とレアンダーが上の階で何かおもしろいこと（たぶん、ぼくの元親友の女の子とはかかわりさえないおもしろいこと）をしているあいだ、ぼくは車のそばを彼女が何度も何度も通りすぎるのを見ていた。

ぼくは彼女たちのひとりがふと足を止めるのを待ち続けた。首をかしげ、ゆっくりと車のウィンドーに顔を近づけ、ホラー映画の迫りくる悪役みたいに、水蒸気で曇ったガラスの向こうから覗きこんでこないかと。たぶん彼女たちは、気候に合った服装で職場や学校に向かうただの黒髪の女の子にすぎないのだろう。そんなことはどうでもいい。ぼくは昔の習慣に戻り、ちがう世界を夢想し、ここには存在しないものを見ているのだ。

ぼくはホームズのことを恋しく思ってなどいない。彼女の姿を捜してなどいない。彼女が戻ってきて、ぼくに携帯メールを送ったストーカーを推理し、ぼくのささやかな問題を解決し、ふりだしに戻ってまたぼくを破滅させるのを望んでなどいない。

そんなこと思ってない、と自分に言い聞かせると、ぼくは車から降りた。ドアをロックする。そして、入口のブザーを鳴らすために建物に近づいた。

第四章　シャーロット

トレイシー・ポルニッツ。

マイケル・ハートウェル。

ピーター・モーガン＝ヴィルク。

通常の状況であれば、わたしはだれかの偽名のリストを持ち歩くことはしない。それがルシアン・モリアーティのものであれば、なおさらだ。それらを記憶し、証拠となる品をさっさと処分する。だが、それぞれの名に対応するパスポート番号が存在し、わたしはまだそれを脳につめこんでいなかった。

前述の表現はいささか稚拙かもしれないが、正確である。長い数字列を記憶するために集中するときはいつも、あたかも小さすぎる箱に発泡スチロールを押しこめているような感じがする。対象が言葉であれば、扱いはむずかしくない。場所や人物や車といった固有名詞はとりわけ記憶が容易だ。数値であっても、自分で操作可能であればどうにかなる。方程式も問題ない。数論も大丈夫。しかし、円周率を二十桁まで記憶するとなると、それはもはやエクササイズであり、無益かつ手に負えない。

「ふたつのものは常に結合するわけではないのだよ」

デマルシェリエ教授が言っていた。わたしは十一歳で、孤独だった。その年、わたしは自分自身を主としてこう認識していた。すなわち、わたしは本当はほかの人たちと交わりたいと思っているのに周囲にほかの人たちはいない、と。ゆえに、わたしは自分を偽装せざるをえず、その偽装はのちに不都合な欠点と化すことになる。デマルシェリエ教授の認識では、わたしは欠点の多い子だった。その点に関して、わたしとは意見が相違していた。わたしは自分のことがとても好きだった。

わたしがまだ自分を好きだったころのある朝のことだ。わたしは午後に予定されているアクロバットの訓練について夢想していた。その日、暗い部屋の中で垂木の上を歩く練習をすることを女性インストラクターが約束してくれていたのだ。

しかも、かかとで歩いていいと。わたしは数字のことなど考えられなかった。

デマルシェリエ教授はわたしの目の前で、骨張った指をぱちんと鳴らした。

「きみがひどく不得意な分野だからといって、それが役に立たないわけではない。きみが努力しているすべてのものにあるただひとつの共通因子は……」

「きみ自身なのだ」

わたしはデマルシェリエ教授の口癖を繰り返した。アクロバットのインストラクターは、わたしが頼めば目隠しもしてくれるだろう。

デマルシェリエ教授がテーブルの向こうで顔をしかめた。

「そのとおり。その責任をきちんと負いたまえ」

ひょっとするとインストラクターは安全ネットも取りはずしてくれるかもしれない。わたしがとても行儀よくしていれば、だけど。

デマルシェリエ教授は国民保険番号のリストを指先で弾いた。数字はページいっぱいにびっしり書かれていた。

「覚える時間は五分。始め」

ふだんのわたしなら二十分を要する分量だろうが、アクロバットの日は二十五分必要になる。その日はあまりに注意散漫だったので、時間切れを告げられたとき、ただひとつの番号も記憶できていなかった。

「きみも自覚しているだろうが、現在の技能のままで現実社会に放り出されたら、きみは死んでしまうだろう」

その意見を述べることに彼が明白な喜びを感じているという点が、わたしとこの家庭教師の関係を物語っていた。彼が喜んでいることは、まるで冗談を言ったかのように目尻にしわが寄っているのを見てわかった。

「番号のリストを記憶できないせいで、わたしは死んでしまう……。少し席をはずしていいですか」

わたしはわざと語尾に疑問符をつけなかった。

「かまわんよ。もちろん」

その日の午後、わたしは目隠しをして垂木の上を二十二秒で渡りきった。

あくる週、デマルシェリエ教授の提案で、わたしは〝注意力の問題〟を治すためにアデロールを処方された。

それ以降、薬物にまつわる事態は急速に進展した。

ニューヨークに向かうアセラ特急列車の中で、モリアーティの偽造パスポート番号のリストを記憶し、それから紙を細かくちぎった。わたしは現実社会におり、最近気がついたが、死にたいという願望は持っていない。

午後はチェルシーにあるレストラン内のバーで炭酸水を飲みながらすごした。店内の反対側には美しく布張りされたブースがあり、そこでわたしの標的がビジネスランチ・マラソンを繰り広げている。その様子を見ていると、わたし自身がどのような種類の人間であろうとも、少なくとも二十代の銀行マンでないことがうれしく思えた。わたしの注文したオリーブは十七ドルもした。しかも、出てきたのはたったの十二粒。そのひどい代物をできるだけ長持ちさせるよう努めた。

携帯電話にメールが入った。

〈何時に着く予定？　都合がわからないと今日の予定が立てられない〉

〈まもなく〉

わたしは返信して電話をしまいこんだ。

女性のバーテンダーがさりげない表情でわたしの飲みものとオリーブをさげた。

「もうおすみでしたら」

わたしはまだおすみでなかった。彼女の言う意味ではないが。

「それはまだ……」

言いかけたとき、わたしの標的が立ち上がった。ややふらついたのは、おそらく二杯のマティーニの結果だろう。バーテンダーが彼のために作るところを、わたしは見ていた。

「会計を」

わたしはそう言い、勘定書がプリントされるのを待ち、それを渡されてから支払いをしたが、それだけ時間をかけても標的より先に店の出入口に着いた。

彼を尾行するのは子どもの遊びに等しかった。それは侮辱的なほどだった。彼はそれほど酔っていない。おそらく単に愚かなのだろう。もしくは気づいていないだけか。初めてワトスンに会ったとき、その気になれば気づかれることなく彼のベルトをはずしてズボンから引き抜くことができると確信した。あるときそのことを彼に伝えたら、かなりショックを受けたようで、それからの一時間はむやみにベルトに手を触れて確かめていた。

標的は南に向かって何ブロックも歩き続けた。なぜタクシーを使わないのか不思議だった。子牛革の手袋をしているところを見ると金がないわけではないのに、厳しい寒さの中を歩いていく。叔父がニューヨークにいたときに一度訪れたことがあったが、あの旅行の際もこのような寒さだった。わたしがリハビリ期間を終えたとき（記憶が正しければ、サンマルコスの女子施設において）、両親はわたしの帰宅を望まなかったが、叔父は自分の仮住まいに招いて歓迎してくれた。叔父はチェルシーで一番すてきなレストランにわたしを連れていき、わたしのために注文した料理を食べさせようとした。すべてうまくいっていたのは、木曜日の夜九時に化粧室でひとりの女の子に出くわすまでだった。彼女は〝パーティ〟をするかどうかわたしにきいてからブラの中から小袋を引っぱり出し、それのせいでわたしはサンマルコスの施設と系列関係にあるペタルーマの施設に送られて三ヵ月すごすはめになった。

標的とわたしは七番街を歩いている。各ブロックの終わりにさしかかるごとに、彼は習い性のように携帯電話を取り出して時刻を確かめ、それをまたコートのポケットに突っこんで戻した。われわれは雪の溶けかかった道を何ブロックもとぼとぼと歩き続けた。その間の変化といえば、〝止まれ〟の信号灯と彼の携帯電話のロック画面に表示される土星の画像だけだった。ようやく彼がソーホーのしゃれた小さな通りに入り、わたしは驚いた。

彼は帰宅する。彼はだれかと会う。そのことは、彼が徒歩である点と、周囲にまったく無頓着な点から指摘できた。わたしはそれを指摘できるように育てられている。

だが……。何かが正しくない。目の裏がむずむずする。それが意味するのは、何かを見ているのに、そこで気づくべきことに気づいていないということ。

一軒のパティスリーに近づき、彼が鍵を取り出そうとポケットを探り始めた。わたしは歩調をゆるめ、ショーウィンドーのブリオッシュをながめるふりをした。わたしの横でドアが開けられ、彼がその中に消えた。ドアが閉まりきる寸前にわたしはノブをつかんだ。

これには技術を要する。わたしはきっかり十秒待った。それより長いと通行人から挙動不審者のレッテルを貼られてしまうし、それより短いと標的がまだ十分に階段を上がりきらない。わたしは彼のあとからドアの中にすべりこんだ。確実に相手に聞こえるように故意に足音をたて、バッグに手を入れて硬貨をかき回した。女の子の音。この威嚇的でない音は男を安心させる。

建物は古い造りのアパートで、階段の踊り場の下に空間があり、間借り人たちの自転車置き場になっている。壁に並んだ郵便箱の上方には色あせたクリスマス・リースがピンでとめてある。標的の部屋番号を確かめることもできたが、その必要はなかった。彼は三階にいる。錠に差しこんだ鍵の音で把握した。

心の中で復唱する。トレイシー・ポルニッツ、マイケル・ハートウェル、そして、ピーター……。

「ピーター・モーガン＝ヴィルク」

声が階段をつたって下りてきた。

「久しぶりだな」

あの感覚。

路上にいたとき、検討する時間がなくてその正体を見きわめられなかった違和感。

外の通りの様子を頭の中で引っぱり出して、それを静止させ、あらゆる角度から精査して矛盾を探し、もとの場所にしまう……そんな芸当はわたしにはできない。直観像記憶の能力がないから。わたしは類いまれな天才などではないのだ。

とはいえ、ジェイミーの父、ジェームズ・ワトスンの車が歩道に寄せて駐車してあったのに気づくほどには賢明である。たった今、そのことに気づいた。

「ピート、きみは自分の名前をいくらで売った？」

叔父のレアンダーが質問した。そのときには、わたしはすでに踊り場の下の空間に飛びこみ、自転車と原付自転車と空のリサイクル用ゴミ容器の背後に身を隠していた。

「レアンダー・ホームズか」

ピーター・モーガン＝ヴィルクの口調からは若い金持ちに特有な相手への軽蔑がこぼれ落ちていた。彼が酔っていたら、その声から感じ取れなかったかもしれない。

「ご挨拶じゃないか。しばらくぶりだな。連れはだれだ？」

「同僚のジェームズだ」

「よろしく」

ジェイミーの父親がそう言うと、ピーターが退屈そうに応じた。

「ワトスン家の人か。もちろんそうだな。ぼくに何か用か？」

答えたのはジェームズだった。

「おれたちはきみのお父さんを捜してる。どこへ行けばいいか、きみにきけばわかるだろうと思ったんだ」

「いいか、これがルシアンの件なら、ぼくは……」

「ルシアン？　モリアーティのことか？」

そう言ってレアンダーが笑い声を上げた。

「そんな話じゃない。おれがきみのお父さんに金を貸しているという話だ」

ピーターが口笛を鳴らし、その音が階段ホールにこだました。

「親父がまだそんなくだらないことをしてるなんて知らなかったよ」

「もっと金のかからない愛人を持つべきだな」

「それはぼくも知ってる。いいか、ぼくはもう親父と連絡も取ってない。最後に聞いた話では、選挙戦が大失敗に終わっておふくろと別れたあと、親父は莫大な遺産を受け取った女といっしょにマヨルカ島に行った。その女に頼って生活するために。ぼくの妹がひどく悲しんだよ。それが三年前のことだ」

短い間のあと、ピーターが続ける。

「本当にルシアンのことじゃないのか？　というのも、親父は選挙の件で今もあいつを非難してるから。すべての責任がルシアンにあると」

「なるほど、そういうことか。ふたりは契約を交わしてたんだろ？　ルシアンは選挙活動のコンサルティングをしてたのか？　それとも運営管理か、あるいは……」

ジェームズの口調は温かくて感じがよく、ピーターを巧みに引きこんだ。

「コンサルティングだ。ルシアンが親父を見捨てたのは、最悪のタイミングだった。もみ消し屋が姿を消した次の週に、どうやって愛人の件を隠せると思う？」

そこでピーターが弱々しく咳をした。

「ほかに用がなければ、オフィスに戻る前にシャワーを浴びたいんだが」

「もうひとつだけ」

ジェームズの口調は相変わらず感じがよかった。

「ルシアンはきみのお父さんにいくら支払って、息子の身元を借りたんだろう？」

なるほど。

レアンダーもルシアンを追いつめようとしているのだ。叔父は少なくともわたしと同程度には情報をつかんでいる。わたしが叔父に発見されてしまうのも、時間の問題かもしれない。そうなれば、何もかも台なしになってしまう。わたしは呼吸を落ち着け、鼻から息を吸うよう努めた。ゴミのにおいで危うく息がつまりそうになった。

「誓って言うが……」

ピーターが答えかけたとき、建物内にブザーの音が響いた。

「ちょっと待ってくれ」

その直後、建物の入口ドアが解錠された。ドアが開く。

十代の男の子が中に入ってきた。

ジェイミー・ワトスンはニットキャップを脱ぎ、髪を逆立てるようにして頭から雪を払い落とした。彼は髪を伸ばしていた。以前とちがう。コートもちがう。靴は前と同じものだが、靴底がだいぶすり減っている。ズボンの右膝部分にわずかに雪が付着しているが、左膝にはない。右手の甲にある傷痕は明確すぎる形状から見てラグビーで負ったものではないだろう（ガラスか？　剃刀か？　境界が直線になっている）。だが、彼はラグビーを続けており、チームは今も負け続けで、前夜は遅くまで起きて勉強していた。わたしはやめられなくなった。観察することに貪欲だった。彼はまだ昼食を終えていない。表情に元気がなく、だれかがプロテインバーを食べさせるまで不機嫌なままだろう。身長が一・五センチ伸び、体重が三・五キロ増加した。ちがう。三キロだ。いや、彼は……彼にはガールフレンドがいる。その彼女とは、現在少なくとも七ヵ月続いており、首に巻いている茶色と白のマフラーは彼女の手編みだ。縁がほつれている。彼の家族にかぎ針編みをする者はいない。あのような無計画な贈りものをして、受け取り手に身に着けることを選ばせるような者はほかにいない。見ていると、マフラーの端が床をこすっていた。

ワトスン。

彼を最後に見てから、まる一年になる。

かつてわたしは彼の習癖をとらえ、分析し、彼のことならなんでも熟知していた。ところが、目の前に立っている男の子は見知らぬ人物だった。寸分たがわずに再建された家なのに、わたしには見覚えのない部品が使われている。

彼が階上に声をかけた。

「父さん？」

「今、下りていく」

ジェームズが答え、階段に足音が聞こえた。

階上でおこなわれた尋問の最後の部分をわたしは聞き逃してしまった。

ワトスンは床に目を落としている。その視線が郵便箱に移り、次いでくすんだリース、さらに自転車、ゴミ容器に向かう。ピーター・モーガン＝ヴィルクが市内でも高価な地区にある粗悪なアパートに賃貸料を支払う男であるという証拠の数々。そのことから、高額な報酬でルシアンに身元を貸し出すことを交渉したのはピーター自身であり、彼の父親は関与していないと推測するのはむずかしくない。もしもルシアンの偽の身分証が押収されたとしても、そのときはこの場所が彼のバックアップとなる。そうやって実在する人物として、三ヵ月も続けて問題なくアメリカに入国した。

しかもピーターは、忌み嫌っている父親を守らずに放棄して失脚させた男から金を受け取っているわけだ。それはそのまま正当な動機である。

ここに到着したとき、わたしはすでにその結論に達していたが、前述したようにわたしは失敗から学んだ。結論から始めることはもうしない。今回は起点から始めるつもりでおり、自分でピーターを尋問しようと計画していた。にもかかわらず、わたしは必要な情報の取得に失敗した。それもこれも、これまでわたしが得た唯一の友人が、口の端のしわまで見えるほど至近距離に立っているせいだ。

おそらくわたしは音をたててしまったのだろう。落胆のため息か何かを。

ワトスンの目つきが鋭くなった。わたしが背後に隠れているゴミ容器をじっと見つめる。彼がゆっくり一歩近づいてきた。さらにもう一歩。

わたしは息ができなかった。意識して呼吸しようとしても無理だったろう。

「さあ、行くぞ」

ジェームズが騒々しい足音とともに階段を下りてきた。すぐあとにレアンダーが続く。

「みんなでディナーに行って、それからおまえを家まで送る」

ピーター・モーガン＝ヴィルクがドアを閉める音を聞き、ワトスンがもう一度踊り場を見上げた。それから肩をすくめ、ジェームズとレアンダーのあとから外に出ていった。

それからとても長い時間がたつまで、わたしは踊り場の下の空間にとどまっていた。

第五章　ジェイミー

「電話で彼にきけばすんだんじゃないかと、おれは今でも思っている。そうすれば、わざわざニューヨークに行かずにすんだ」

車がシェリングフォード高校の正門をくぐるとき、レアンダーが言った。

「ジェイミーがマンハッタンでの夕食を嫌がったとなれば、なおさらそう思う」

ぼくはため息をついた。

「言いましたよね、ぼくは……」

「〝学習発表〟があるんだろ？」

父とレアンダーが声をそろえた。

「ぼくの話をちゃんと聞いてくれてたなんて驚きだな。有名なグリルド・チーズバーガーを食べそこねたのは残念だけど……」

今度は父がため息をついた。

「うまそうだったろ？　ウィンドー越しに見ただけだけどな」

ぼくは父に言い返しそうになるのをこらえた。車はあと少しでぼくの寮に到着する。コネチカット州に戻る道路が渋滞していたので、食堂の夕食時間に間に合わず、ぼくは腹ぺこだった。ひどく空腹のとき、ぼくはいつも嫌なやつになる。昔、ホームズがよく……いや、やめよう。自分が何を見たと考えたとしても、ぼくはそっちの方向に話を持っていくことを自分に許していない。

感情をどうにか押し殺して言った。

「父さんたちがなぜぼくを連れ出したのか知らないけど、ぼくはもうはっきりと説明したつもりだよ。父さんたちといっしょにすごすのは楽しいし、レアンダー、あなたがじきに英国に戻ってしまうのはわかってるけど、次回はできれば……町に映画を観に行くぐらいにしておかない？　ぼくはもうこういう……芝居じみたことはやりたくないんだ。自分ではそういうのは卒業したと思ってるから。それにとにかく、ぼくが勉強しなきゃいけないときは、そっちが優先されるべきだと思わない？」

口に出したら気分がよかった。明確だし、おとなの言葉だ。

「優先か」

父がオウム返しに言い、レアンダーと顔を見合わせた。レアンダーが助手席からぼくを振り返る。

「ジェイミー、きっときみはすばらしい大学に進むだろう。文学を学ぶことができるし、週末はいつも読書にふけり、パンティングとかいうオックスフォードの学生たちがよくやる遊びにも……」

「おいおい、きみだってパンティングに行っただろ」

父がそう言いながら車を寄せて停め、レアンダーに向いた。

「パンティングがなんのことか知らないふりはよせ」

「いずれにしても、きみの息子もパンティング（船頭つきの平底船による川下り遊び）ができる。あのあたりの川はどこもボート遊びに最高だからな」

ぼくはきいた。

「パンティング？　それに、だれがオックスフォードに行くって？」

レアンダーが喉のつかえを取った。

「よく聞くんだ、ジェイミー……きみは行儀よくふるまえる。規則にしたがって行動できる。そして、大学を出たあとはどこかの新聞社に職を得るか、いつもきみが言っているようにどこかの小さな塔の部屋で小説を書くだろうと、おれは確信している。むろん、そうした暮らしにおいては、おれたちが今きみに教えようとしている捜査の技能など不要かもしれない。人びとのことを読み取ったり、把握したり、動機を分類する技術の習得はひとつとして必要ないかもしれないが……」

「もう、勘弁してください……」

　父がうなずいて口をはさむ。

「そうだな、世界を分析してそこから最も重要な要素をふるい分ける方法を学んだところで、ものの役にも立たん。特に物書きにはな。おまえには無理だ」

「でも、父さんはぼくにそうしろって求めてないじゃないか。これはパズルや論理問題を解くのとわけがちがうし、カーペットの下にある第二のしみでも、赤毛の物知り組合でもない。これはモリアーティの一件なんだ。それに、レアンダー、ぼくだってサセックスのあの裏庭にいたんですよ。あなたの言葉をちゃんと聞きました。この耳でね。あなたは言いましたよね。おれは手を切る、って。なのに、なぜここにいて、シャーロットを捜してるんですか?」

　レアンダーの目つきが暗くなった。

「おれたちが捜しているのはルシアンだ」

「父さん、頼むよ」

　車内に沈黙が下りた。一月下旬の日差しが作る影みたいに重苦しかった。

「なぜなら……」

レアンダーの声はざらついていた。

「なぜなら、あのひどい混乱のあとで、最終的にはシャーロットの両親が介入するものと思っていたからだ。エマとアリステアが……ふたりの黒くて狭い心にお恵みを……娘の感情面のしつけを外部のリハビリ施設や家庭教師に押しつけるのをやめ、ようやく娘の身に起きていることに少しは注意を払うようになるのではないかと、おれは思っていたんだ。きみは知っているか、おれがあの週に地下室でエマとすごしていたとき、実の娘がレイプされたことを彼女が承知していないとわかっておれが愕然としたのを。そして、それをようやく知ったときに彼女が見せた反応は……失望だった。エマはこう言ったよ、シャーロットなら自分の面倒ぐらい見られると思っていたのに、と。一方で、娘のほうは喜々として正真正銘の血族戦争を画策していた。自分の父親がこのおれを拉致したと考えていたから、その罪をモリアーティ一族になすりつけようと望んだのだ」

レアンダーはそこで黙りこみ、かなり長いあいだ外を行き交う生徒たちをウィンドー越しに見つめてから、また口を開いた。

「おれはもっと早い段階で介入すべきだった。彼女を引き取るべきだった。あの子の父親とのあいだでどれほど真剣に養育権について争わねばならないか、おれにはわからない。おそらく、それほどたいへんではないだろう」

しばらくしてから、ぼくは言った。

「彼女はもうすぐ十八歳になる。ほぼおとなです」

彼女は自分で決める。ぼくも自分で決める。

父が言った。

「おまえは十七だ。おれはおまえに対する権利を早々に放棄する気はないぞ」

「実際の話、なんでぼくをいっしょに連れていきたかったの？」

レアンダーが答えた。

「きみがそれを望むべきだからだ。きみが望まないことがおれにとって恐ろしいことだからだ」

「ルシアン・モリアーティを追うこと？　ぼくにはそのほうが恐ろしいよ」

「シャーロットはルシアンを追っている。だから、そう、あの子を見つけるにはこれが最良の方法なのだ。あの子はきみの親友だ。ほかのだれかにあの子の代わりが務まるとは思えない。見たところ、きみはひとりぼっちで、途方に暮れている。それに、あの子は、きみが望んでかかわろうとしないことにきみを無理やり巻きこんだりはしなかった。いいかい、ジェイミー……」

父が顔をしかめながら、「レアンダー……」と言った。

「父さんたちはぼくのことも話し合ってるの?」

「話してない。さあ、ふたりとも、この話はまた今度にしよう」

そう言って父が財布から二十ドル札を抜き出し、ぼくに手渡してきた。

「デリバリーで何か頼め。エリザベスによろしくな。学習発表の原稿を書いたら、この件について考えてみてくれ。レアンダーはこの町にあと数日しかいないから」

ぼくはほとんど聞いていなかった。彼女は計画をぼくに話すことぐらいできたのに、と思っていた。何を真実だと思っているか、についても話せたはずだ。なのに、彼女はぼくに何も言わず、そのあと、これが終わったときに彼女は——そこでぼくは息を吸おうとしたけれど、できなかった——彼女のせいじゃないとわかっているけれど、ぼくは二度とあんなふうに傷つきたくはない。

父さんたちには、考えてみる、と答えた。ほかにどんな答えがあっただろう?

ぼくはその場に立ったまま車が走り去るのを見送り、肋骨に強く打ち続ける心臓の鼓動がおさまるのを待った。搬入のトラックが列を作っている。食料品はこうした巨大な無印のトラックに積まれて、ひっきりなしにカフェテリアに運ばれてくるのだ。列の最後尾にいるトラックを見ると、まるでゴミ回収車みたいに荷台の後ろに男がひとりぶら下がっていた。重量挙げの選手並みに鍛え上げた筋肉がつなぎ作業服の下で張りつめているのがわかる。ニットキャップから覗く髪はくしゃくしゃでブロンドだった。

ヘイドリアン・モリアーティに似ている。

ぼくは顔が熱くなるのを感じた。首筋も熱くなり、マフラーをほどいて両手を膝についてかがんだ。少しでもモリアーティの存在を感じると、こんなふうに反応してしまう。自分が亡霊を見ているのだと考え……。

いいや、ちがう。理由ならわかっている。なぜ小さな暗い箱に閉じこめられていると感じるのか、ぼくは理由を正確に理解している。もしもそれを自分で認められないなら、ぼくは臆病者どころじゃない。

トラックからその男が飛び降りた。ぼくの寮に荷物を運び入れるようだ。彼の髪色は黒で、ブロンドじゃなかった。クリップボードを手に寮の入口に走っていくとき、ぼくを心配そうにちらっと見ていった。

「大丈夫か、ワトスン？」

声をかけてきたのはキトリッジだった。ラグビー部のチームメートたちが一団となってぼくのそばを走っていく。

ぼくが参加しそこねた特別練習だ。チームメートたちはショートパンツ姿で人間ケトルと化し、全身から湯気が立っている。

キトリッジにうなずきを返し、片手をあげてみせる。万国共通の〝大丈夫だ〟サイン。ぼくのまわりで雪におおわれた校庭が青白く光っている。ぼくにはすべての出口が見える。出口はいたるところにある。なのに、どういうわけか、出口に続く小道がひとつずつ消えていくようだった。

ようやくミッチェナー寮にたどり着いてみると、受付デスクで寮母のミセス・ダナムが紅茶をお供にクロスワードパズルを解いていた。

「ジェイミー。外出は楽しかっ……まあ、具合でも悪いの？」

ぼくはほほ笑みを返した。無意識の反応だ。ぼくはミセス・ダナムが大好きで、彼女がぼくだけの寮母であるかのような、変なうぬぼれを持っている。もちろん、彼女はみんなの寮母だ。ぼくたち全員の名前と誕生日を知っており、病気のときは部屋までスープを運んできてくれるし、ホールアシスタントたちが生徒と酒を飲んだり夜勤のときに居眠りをして解雇されないよう監督する役目も負っている。寮でのぼくの日常生活において、ミセス・ダナムは唯一無二の不変な存在であり、本来なら今年度は最上級生用の贅沢な寮に移動する権利があったのだけれど、ぼくは申請すらしなかった。まだ彼女を手放す準備はできていない。

「元気ですよ」

ぼくは答えた。

「ただお腹が減ってるだけで。夕食を食べそこねてしまったんです。だからデリバリーを頼もうと思ってます」

「そうそう、ついさっきエリザベスがあなたを迎えに来てましたよ。文芸クラブの集まりに。走っていけば途中で追いつくんじゃないかしら。今、お金は持っている？　チキン・パッタイ？　それと、チェリー・コーク？　あなたの注文はちゃんと承知してますからね。戻ったときに、ここから持ち帰ればいいようにしておきましょう」

ぼくはエリザベスに事情を説明する義務を感じていた。メールのこと、嘔吐したこと、ニューヨークへの旅に関するあれこれ。だけど同時に、説明したくないとも思っていた。このひとりと見込んだ相手に何もかも打ち明けてしまう癖は、ホームズと行動をともにしていたときに身についたものかもしれない。この癖は健全とは言えないだろう。おそらくエリザベスは問題解決の助けになってくれると思うけれど、彼女の膝の上に厄介ごとをぶちまけたくないとも思う。

前の年度に彼女の身にあんなことが起きたあとでは、特にそう思う。

「荷物だけ置いてきます」

ぼくはミセス・ダナムに代金を預けると、階段を上った。部屋のドアにかけてあるホワイトボードにメッセージは残されておらず、廊下は静かで、天井の蛍光灯の低くうなる音しか聞こえない。みんなは食堂ホールにぐずぐず残っているか、図書館に向かっているか、部屋に閉じこもって勉強しているのだろう。

バックパックの中をかき回して鍵を探る。シェリングフォード高校で部屋のドアに鍵をかけるのは、ぼくとエリザベスしかいない。

そうする理由があるのが、ぼくたちふたりだけなのだ。

エリザベスをこの件に巻きこむまいと決めたのに、気がつくと携帯電話を握ってメールを打っていた。

〈今日のランチのとき突発事故があって、それで姿を消したんだ〉

ぼくがパニック発作を起こすのをエリザベスに最初に見られたとき、彼女にはもう隠すのが無理だと悟ったので、〝突発事故〟という暗号を決めた。

即座に返信が来た。

〈そっちに行ったほうがいい？　同人誌の集まりをすっぽかして突発事故癒しのパピーを観ようか？〉

ぼくたちは『パピー《パピー》・サプライズ』という番組をずっと観ている。タイトルから予想がつくように、子犬に驚かされる人たちに関する番組だ。エリザベスの提案で、どちらかがすごくすごくひどい一日をすごしたときにだけ、いっしょに観ることを自分たちに許すことにしている。

ぼくはデスクチェアにどさっとすわって返信した。

〈今日のことが条件を満たしてるかわからないな〉

〈吐いちゃった突発事故？　だれかに見られた？　今は気分はいいの？　お父さんは助けてくれた？　それとも、まさか、お父さんにまたボウリングに連れていかれた⁇〉

矢継ぎ早の質問にストレスを感じた。エリザベスにはとかく尋問したがる傾向があり、そうされるとぼくは気分が落ち着かなくなる。とはいえ、メールを見てぼくは笑った。ボウリングは少なくとも父の選択肢リストにはない。

〈吐いた。見られてない。まあまあかな。父には探偵活動的なものに連れ出された。学習発表の原稿を書かないといけないんだ。書かないと、パピー番組にたっぷり世話になるはめになるから〉

少しあとに続けて打った。

〈なんかまちがってる気がするけど、なんでだろ？〉

それでもメールのやり取りに効果はあった。ぼくの顔には笑みが浮かんでいた。

〈あとで同人誌の集まりでね〉

彼女がそう書いてきて、ぼくは携帯電話を置いた。

椅子にすわってしばらくぐるぐる回ってから、習慣的にノートパソコンを開いた。妹からの電子メール〈ママとテッドがセックスしてるのが聞こえる気がするんだけど。セックスってどんな音がするの？　ジェイミー、文字どおりサイアクよ〉そのあとにゲロの絵文字の列と大量のスパムメールが届いていた。シェルビーにはゲロの絵文字ひとつとナイフの絵文字ふたつを添えて、電話してほしいと返信した。物理学の学習発表のファイルを開く。明日のためにざっと目を通した。デスクの上の壁には、ロンドン大学キングス・カレッジのペナントをピンでとめてある。ぼくの目標。ぼくはまもなく人生の次のステージに進もうとしている。ぼくにはすてきなガールフレンドがいる。すてきな友人たちがいる。

ぼくは大丈夫。

確かに同人誌の集まりには遅刻しているものの、気持ちもようやく落ち着いたし、静けさがありがたいし、階段を急いで下りているけれど走ってはいない。ぼくの前には夜がどこまでも広がり、しかも穏やかな静寂に満ちており、たとえ五分遅刻したとしても何ひとつ変わりはしない。ゆっくりとマフラーを首に巻き直し、雪の中に道を見つけながら歩いていく。

学生会館に近づいていくと、ガラスドアの向こうに彼女の姿が見えた。エリザベスは階段の近くにたたずんでいる。明るい照明の下でブロンドの髪を輝かせ、携帯電話をチェックしていた。ぼくはただ彼女をながめるためにその場で足を止めた。彼女のバックパックには、実家の裏庭に生えているヤナギの木について書いた詩が入っているはずだ。ぼくは去年のできごとを、美術品の盗難と爆発と拉致にまつわる物語として書いたけれど、創作クラブの仲間たちからは〝非現実的〟と酷評された。彼ら（とシェリングフォード高校の全員）はドブスンの殺害について詳しく知っているのに、ぼくがヨーロッパで不運にも体験した事実は、突飛すぎてまだ信じられないらしい。

ぼくが自分の人生について、その意味を明らかにすべく、取り憑かれたように書いていたのと対照的に、エリザベスは自分について書くのをかたくなに拒んでいた。彼女を襲った者のことも、入院生活のことも、何ひとつ。彼女の詩の世界では、それらはどれも起きなかったことなのだ。すごく奇妙かもしれないけれど、そのことをぼくは賞賛する。最悪な部分を削除して人生を書き直すという彼女の決断はすばらしい。

ガラスドアの向こうに立っているエリザベスは、どこか見知らぬ人のようにも思えた。ぼくは遠目で彼女を見たことがない。彼女はいつもぼくの腕の中にいたから。全寮制学校の中で女の子とつき合う場合、いろいろな意味で、結婚しているような感覚と無縁でいるのはむずかしい。ぼくは毎朝、自分の寮と彼女の寮のあいだにある三棟の赤レンガ建物の横を歩いていく。レンジで温めるポップコーンと甘すぎる香水のにおいが漂う女子寮のロビーで彼女と会う。ぼくはいつも朝食時間が終わるまで眠っているので、彼女がテイクアウトの紅茶を一杯用意しておいてくれる。それから、宿題の話をしたり熱い紅茶のカップで両手を温めたりしながら、いっしょに教室まで歩く。週に四回はいっしょにランチを食べに行き、週に三回ディナーをともにする。夜はほとんどいつも図書館に行き、カフェに近いテーブルでふたりで勉強する。消灯時間のあとは、たがいに自撮り画像やメールを送ったりしない――ほかにまだどんな話があるっていうんだ？

今は冬なので、いちゃいちゃできる場所を探して校庭をさまよったりしない。その代わり、ぼくのベッドにふたりで横たわる。ぼくが外側で彼女が内側。廊下をホールアシスタントが巡回してくる足音に耳をそばだて、右足をすぐにカーペットに下ろせるようにしておく（階段ホールには〝面会可能時間中、片足は必ず床に着けておくこと！〟という掲示がある。その下には、四本の足をしっかり床に着けたままおこなえる身体構造上正しい体位の絵をだれかが落書きしている）。ぼくたちはたいていおしゃべりをしている。話題はニューヨークとロンドンの対比、へんてこで心が痛む自作の歌をＹｏｕＴｕｂｅに上げている彼女の姉のこと、もしも車を持っていてぼくがちゃんとしたデートに連れ出せるならどこへ行きたいか。ときどき、ぼくがＡＰ英文学のテキストを音読している最中に、彼女がぼくの胸で寝入ってしまい、寝息を聞きながらぼくはそこでページの端を折る。そんなとき一種の罪悪感を覚えるけれど、ぼくにはやることがたくさんあるので、宿題をやる時間を見つけるとどこかほっとする。アメリカの大学の出願期限はもう来ているけれど、第一志望のキングス・カレッジを含めて英国の大学はまだ数ヵ月先だ。三年生の春をのんびりすごす予定のトムとリーナとちがい、ぼくはまだ必死にがんばっている。

ぼくのせいであんな目にあったにもかかわらず、ぼくのことを心から信じようとするエリザベスに対して、ぼくはあえて分別ある態度をとろうとしているようによく感じる。彼女のことを慎重に扱っている。彼女のほうもまた、ぼくのことを慎重に扱っている。何週間か前、ぼくたちふたりが寝るという思いつきを彼女が持ち出したけれど、今のところ棚上げにしている——分別を持って。でも、そうした結果、ぼくたちはたぶん心地よく感じている。だって、うまくいかないかもしれないのに、どうしてセックスなんかするだろうか。

また別のときには、まるで自宅に受け入れた海外からの交換留学生とデートしているような気分にもなる。彼女のことは過剰なほどよくわかっているつもりだけど、それでもぼくにとって未知の存在である。そして、危険がない。彼女は安全だ。

ふたりいっしょなら、ぼくたちは安全でいられる。

それなのに、どういうわけか、彼女と落ち合うために学生会館の中に踏みこむことができない。

今、ぼくは彼女のことを見ている。心配そうな顔、その口元。ぼくを待たずに二階に行こうと決めたようだ。彼女の姿が見えなくなったとき、ぼくはメールを送った。

〈ごめん、今戻ったところ。ぼく抜きでやってて〉

〈大丈夫よ。あとで電話する〉

今夜は、オブラートに包んだぼくの自叙伝が創作クラブの仲間に批評されるのを、おとなしくすわって聞いていられそうにない。同人誌の活動に加わったら、毎号投稿した作品に対する批評を最後まで聞かねばならない。去年の秋、だれかにこう言われた。きみの語り手はもっと適切な決断を下すべきだ、と。批評されるのはセラピーみたいなものだ。ただし、セラピストたちは手に棍棒を持たされている。

ぼくは空想におぼれまいと努めながら、ぶらぶらと寮に向かった。学習発表。そのことを考えないと。風が強まり、袖や靴の中にまで冷気が入ってきた。ぼくは科学実験棟に近道しようと向きを変えた。

目的地は科学実験棟の一階だ。四階じゃない（なぜ四階のことを考えたんだろう？　四階のことを考えるのはやめろ、と自分に言い聞かせる）。

物理学だ。頭をしゃきっとさせろ。明日、ぼくは天体物理学について学習発表をする。

基礎的な理論に関する五分間ほどの短い発表で、そこには数式などいっさい含まれないけれど、それでも頭につめこむには何時間もかかり、その重労働をすでに終えているとはいえ、全体をもっとスピーチらしきものへと形を整える必要があった。ぼくは建物内の物理学区画をさまよいながら、物質と力とエネルギーについて先生たちが作った展示を見て回り、寮に戻ったときには、どうにか表面的には集中力を取り戻していた。なぜさっきまで自分がばらばらに飛び散ってしまいそうな気分だったのだろう？

受付デスクにミセス・ダナムはいなかった。文字のかすれた〝巡回中〟の札が置いてあるだけだ。デリバリーのタイ料理は、袋に入れてぼくの部屋のドアノブにかけてあった。それを受け取って鍵を開ける。

室内に二歩入ったところで足が止まった。胸の内側にパニック発作にも似た警戒感がこみ上げてきて、ぎょっとした。いいや。おかしなことは何もない。これは昼間の突発事故の余波にすぎない。でなければあのメールか、あるいは父からの提案に動揺したことの影響だ。無理やり目をつぶって息を吸う。ぼくは安全だ。ぼくは大丈夫。その点を強調するために背後でドアを閉めて鍵をかけた。

出口はすべて見えている。部屋を隅から隅まで見渡すことができる。ここにはほかにだれもいない。

だけど……。

意を決して自分で点検することにした。クローゼットの中。デスクの下。物理学の授業計画表、メモ、小説『ビラヴド』について書いたレポート——紙類はぼくが部屋を出る前に置いた場所にちゃんとある。シーツはマットレスの端でくしゃくしゃになったまま。部屋を暑くしすぎるラジエーターに対抗して窓を細く開けておいたけれど、ここは三階の高さだし、ドブスンが殺されたあと学校がスポット照明を何基も設置したから、だれも建物の正面をよじ登って部屋に押し入ったりできるはずがない。

一回息を吸う。もう一回。デリバリーの夕食をノートパソコンの横に並べ、物理学の発表原稿に取りかかることにする。うまくすれば真夜中までには作業を終えてベッドに入れるだろう。

原稿はなかった。

パソコン上で原稿を開いたままにしておいたのに、そこにない。

クラウドをチェックしてみた。電子メールも。ファイル検索もした。念のため、別のワープロソフトも立ち上げてみた。どこにも見当たらない。

五時間かけて準備したのに。留守にしていた十五分間のあいだに、影も形もなくなってしまった。

そんなばかなことがあるだろうか。デスクの上の紙資料を引っかき回し、印刷していないとわかっていながらプリントアウトを探す。パニックを起こしたまぬけみたいに。きっとソフトを閉じてしまったにちがいない。ファイルをゴミ箱にドラッグしてしまったのかも。部屋に戻ったとき、そんなにぼんやりしていたんだろうか？　そんなに気が動転していたのか？　なんでそんなことを……。

首の後ろを指でそっとなでられた気がした。椅子にすわったままくるっと振り向く。部屋には、ぼくしかいない。

そのとき、当然のごとく、携帯電話が鳴った。

第六章　シャーロット

兄のマイロと最後に言葉を交わしたのは、サセックスのできごとから数週間後のことだった。

兄は、わたしが母と暮らしていたスイスのルツェルンにやってきた。母は兄を家に招き入れた。母は兄の世話を少し焼く（目に見えない糸くずを肩から払い落とし、シャツの襟を直す）と、母親らしい自分の行為に満足がいったらしく、新しい勤務先の仕事を仕上げるべくデスクに戻っていった。母はスイスの研究所に職を見つけていた。身を隠すための場所。そして、忘却するための場所だ。

もともとわたしと母は、世間の人びとが思うよりもずっと似た者どうしだ。

わたしはマイロとふたりきりで残された。間近で兄の顔を見るのは、とてもではないが耐えがたかった。

「出ていってくれ」

わたしはそう言い、自分の部屋に鍵をかけて閉じこもった。少なくともそこにいれば、オーガストを射殺した男とわたしのあいだに透明でないドアが存在する。

兄は鍵穴から話しかけてきた。

「ロッティ、わかっているだろうが、ここにいてはいけない。おまえとお母さまのどちらかの身が安全とは言えないからだ。おまえをベルリンに連れていってやろう。そこなら安全だから。その案は気に入らないか？」

「まるでわたしがコッカースパニエルであるかのように話すのはやめてくれ」

サイドテーブルをドアのそばに動かしていたので、わたしは少し息が切れていた。

「兄さんにはうんざりする」

「理性的になれ。彼がおまえを狙っているんだぞ」

「そうさせればいい」

わたしは言ったが、実際にそう思っていた。

マイロが強い口調で応じた。

「彼は動き回ることができない。わたしに知られずにはな。わたしは両手を縛られたも同然で直接行動を取れないが、それでも彼はわたしの目をあざむいてどこかに旅することができないんだ。しかるべき場所に複数の安全装置をほどこしておいた。装置からわたしまでたどられる心配はない。彼の動きを確実に封じるつもりだ。むろんルシアンはそのことを知っており……」

　バリケードを補強するためにベッドフレームをドアに向かって引きずっていたわたしは、動きを止めた。

「両手を縛られているのは、罪を告白するせいか？　兄さんは警察に出頭しようと思っているのか？」

「ロッティ」

　兄の声は愛にあふれ、父親めいていた。父がわたしをたたく前に出す声とそっくりだ。

「ばかなことを言うんじゃない。だれかが事態の動向に目を光らせておく必要があるのだよ。われわれは不測の事態について話さねばならない。ルシアンが本人として動かなければ、わたしは何も手が打てず、警察はわたしのどんな新しい動きも監視しているし……」

　わたしはベッドの支柱をぐいっと押し、今度は背中で押してみた。ベッドフレームの勢いでサイドテーブルがドアにたたきつけられ、大きな音がした。テーブルの脚がばらばらになり、ドアがゆがんだ。まったく満足できない結果だ。

　わたしはあえぎながら言った。

「兄さんは人殺しだ」

　感心なことにマイロはドアから後ずさりもしなかった。鍵穴の向こうにずっと目が見えていた。

「ロッティ、彼の死に対する責任がおまえにあることぐらい、おまえは十分すぎるほど承知しているはずだ」

それは真実だ。そして、引き金を引いたのが兄であることもまた真実である。

「この家から出ていってくれ、この残忍な役立たずめ」

鍵穴の向こうで目がしばたたき、ドアから遠ざかった。

「それはおまえの問題だ」

それが兄から聞いた最後のひと言だった。以来、兄とは一度も会っていない。

踊り場の下にあるゴミ容器の後ろからようやく歩み出たとき、わたしは自分自身にひどく腹を立てていた。

予定していた仕事は何ひとつできなかった。今のわたしに残された選択肢は、アパートの階段ホールで鍵開けをし、さして必要ではない書類を探すことしかない。

最終的にわたしが手に入れたいもの――どうしても必要で、緊急性の高いもの――は、ルシアン・モリアーティがこの国の内外に有するアクセスポイントの包括的なリストだ。

おそらく、わたしはワトスンの表情を盗み見たいがために自分を甘やかしてしまった。だが、すでに作業仮説を立てており、自分の推測が正しいと想定し終わっていた。今回はそれらをテストするつもりだったのだ。徹底的に。

それをしないと何が起きるか、わたしにはわかっていた。わたしの取った行動でオーガストの人生を台なしにしてしまったのは、オーガストに対するわたしの感情のせいなのか？　イエス。叔父を見つけ出すためにわたしが取った手段が、直接オーガストに死をもたらしたのか？　イエス。答えはイエス、何千回でもイエス。

そこでただひとつの問題は、ルシアンを破滅させつつ、どのように自分自身を罰することができるか、だった。

オーガストの死から数ヵ月のあいだ、わたしは意図的に自分の背中に的を描いた。SNSのアカウントを開設し、自分の現在地情報のタグをつけて投稿した。毎日ルツェルンの川沿いを何時間もかけてゆっくり歩き、そのときは鮮やかな色の服を着て、携帯電話で大声で話をした（母にはこの散歩のことを体調を完全に戻すための〝健康的な〟運動だと説明しておいた。それを聞いた母は肩をすくめ、催涙スプレーを持ち歩くことをわたしに思い出させた）。わたしは川沿いを歩く自分の写真を撮り、SNSに上げた。

ルシアンはわたしに対し、ちょっかいすら出してこなかった。最新の噂で、あの悪党がアメリカにいると聞いた。ニューヨークにいると。

わたしは数ヵ月かけて罠を作り上げ、その後こうして単身ニューヨークに来た。だが、ジェイミー・ワトスンだと？　ワトスンにはここにいてほしくない。叔父とワトスンの父親がルシアン・モリアーティに対する実に愚かな捜索をおこなっているが、ワトスンがこれからもずっと彼らに同行するとしたら、彼はまたわたしの前に姿をあらわすだろう。彼らはいったいなぜルシアン・モリアーティを捜したがるのか。

これはわたしが招いた混乱だ。このわたしがきれいに片をつける。

地下鉄に乗るまで待ってから、階段ホールで耳にした内容を詳細に書きとめた。何はともあれ、次の段階に進むときに念頭に置くべき偽名は〝ピーター・モーガン＝ヴィルク〟であることが確認できた。少なくともあとひとつ確認したら、先に進める。

電車がＷｉ‐Ｆｉの整備された駅を通過したとき、携帯電話で通知音が鳴った。

〈もう着いたと言ってほしい〉

〈あと十分で着く〉

わたしはそう送信し、実際に十分後に到着した。

またしても六階分のいまいましい階段だ。ニューヨークの街はやたらと骨が折れることが多い。

〈鍵はカエルの中〉

メールが来た。わたしがドアマットの横にある小さな陶器の動物を真っ先に探さないとでも思っているのだろうか。

　今回の旅における宿の選択に、わたしはややためらいを感じている。この一年のあいだ、列車や旅客機を使う大きな旅行をするときはたいてい、ローズという名前の女の子になりすましていた。彼女はブライトン出身で、ギャップイヤー（大学入学前にさまざまな体験をするための一年の猶予期間）を利用して、ＹｏｕＴｕｂｅ用の動画を撮影しながら旅しており、帰ったときにチャンネルが爆発的な人気になっていることを願っている。彼女の言葉の訛りはわたし自身に近いので苦労がなく、動画に関心があるゆえにわたしは録画機材を持ち歩くことができ、彼女の服装の趣味は今のところわたしも好んで身に着けられる。彼女の外見は、ロンドンで製作したアッシュブロンドのウィッグ（わたしが所有している中で一番できがいい）を中核にして構築した。ローズはわたしと同じく黒を多く身に着け、わたしと同じくきちんとした仕立てのものを好むが、髪やキャットアイ・サングラスを加えるとそこに意図があらわれる。彼女の趣味のせいでわたしはファッション・ビデオブロガーのように見えるが、そのことを彼女に感謝している。

　このようにローズのことをひとりの人間として考え、わたしがその中に入りこめるようになるまで準備し続けた。昨秋、彼女はロンドンで短期間の転貸物件を借りたが、この冬にアメリカで借りてみて、さらにもっと高額であることを思い知らされた。ローズの懐具合には限度がある。わたしの懐具合にも限度があり、いつになれば手続きの過程で必要以上に自分が注意を引くことなく資金を補充できるのか不明だった。

そういうわけで、妹が休暇旅行でいないあいだだけそのアパートを使わないか、とグリーン警部から持ちかけられたとき、多少の躊躇があったにもかかわらず提案を受け入れることにした。

〈あなたのやっていることは自警団の仕事に資金を提供するに等しい〉

わたしがメールすると、〝スティーヴ〟として登録してあるグリーン警部の番号から返信が来た。

〈わたしはあなたが十歳のときに事件に参加させた。今回の件がこれまでで最も愚かしい判断だとは思わないわ〉

アパートはきわめてありきたりだった。ローズの仮面もバッグも身に着けたまま、監視装置がないか部屋の中を精査した。一時間後、自前のノートパソコンをキッチンカウンターに設置した。すでに部屋のＷｉ‐Ｆｉルーターを除去してあるが、いかなるネットワークにも接続されていないことを確認する。ＬＡＮポートを接着剤で埋めてあるので、第三者が強制的に接続することもできない。このパソコンにはわたしのファイルが父に教わった方法で整理されて保存してあるので、ネットワークから独立させておかねばならないのだ。

ファイルにはわたしのこれまでの捜査に関する事実がつまっている。

ルシアン・モリアーティはアメリカに〝商用〟で頻繁に入国している。その際、本名は使用しない。しばしばロンドンから直行便で飛んできて、アメリカに到着したとたんに姿をくらましてしまう。事実上、彼はゴーストであり、わたしがその動向を実際に追跡できるのは、彼が大西洋上の機内で安全ベルトを着用しているときだけだ。

以上のことは、最も利用確率の高い空港で三週間にわたって張り込んだ結果、判明した。わたしは航空券を買う必要もなかった。ヒースロー空港のターミナル5は広大だが、対象が毎週往復を繰り返すことを突き止め、アメリカ東海岸にある四つの主要都市に向かう直行便の色分けリストを作成すれば、ある程度の成功は保証される。その仕事だけに専念すればなおさらのこと。

加えて、到着ロビーで〝お帰りなさい、パパ〟のボードをかかげて立っている女の子の顔をいちいち確かめる者はいない。そこでは、ほかにも半ダースの女の子たちが同じようにしているのだから。

ルシアン・モリアーティの行き先について、わたしはひとつも関心がなかった。どこから帰ってくるか、にも関心がない。それはいずれわかることだ。わたしが知りたいのは、帰国する日と、その日を選んだ理由だった。

そこからはきわめて技術を要する段階となり、わたしは税関職員のオフィスに近いスターバックスにしばらく身をひそめ、税関のオフィスで短期アルバイトとして働き、〝学校新聞の取材〟と称して彼らから話を聞いた。そこでルシアンが英国で賄賂をつかませている人物を見つけ出し、それをもとにアメリカで賄賂を受け取っている者を突き止める作戦を練った。

彼はいったいなぜ本名で旅をしないのか？

彼がアメリカに滞在する理由は、わたしにとって問題ではない。ルシアン・モリアーティは英国の政治コンサルタントだ。スキャンダルをもみ消すフィクサーである。ところが昨年、彼の顧客リストは予想外の対象でふくれ上がった。マンハッタンのプレップスクールや、ワシントンＤＣの豪華な巨大病院など。

中でも、おそらく最も不穏とも言えるのが、コネチカット州にある十代のためのリハビリテーション施設だ。

彼はそうした顧客たちの公的な危機を処理し、ブランドを構築する手助けをする。英国に拠点を置きつつ、毎週アメリカへ飛んでいる。そして、いまだにわたしに対していっさいの動きを起こしていない。ルシアン・モリアーティは強迫観念を抱いている。その対象がわたしであると思い上がるのと同じくらい、彼の強迫観念が単純なものであればいいのにと思う。

もういい。物思いにふけっていてもしかたがない。それに、この件に関して抽象的思考をすればするほど、その後の人生に思いをはせる自分に気づく。たとえば、自分の服と自分のありのままの顔ですてきなレストランに行って食べるシーフード。中断されることのない睡眠。煙草をやめる本格的な取り組み。そして、そのあと……ある物件が頭の中に浮かんでいる。この件がすべて片づいたら、おそらくわたしは刑務所に入ることになるだろうが、服役が終わったときに、ロンドンのチープサイド通りでそれがまだ売りに出ていればいいのだが。

さて、わたしの予定だ。

1. スコットランド・ヤードに連絡し、報告する。
2. シェリングフォード高校にいる情報源に連絡し、報告を受ける。
3. 新しい防弾ベストを購入する。今度は通気性のよいものを（汗でびしょびしょのケブラーから身を引き抜くのはこりごりだ）。
4. 防弾ベストを着用してグリーンポイントに行き、ある店から情報を探り出す。

5. マイケル・ハートウェルの身元に関してまだ不明な点を突き止める作業に着手する。
6. スターウェイ航空会社との面接について確認を入れる。
7. 看護助手の信任状のために心肺蘇生法の資格証明を手配する。
8. 摂取していない薬物の写真を撮ってグリーン警部にメールする。
9. 十分間でいいから、ジェイミー・ワトスンがガールフレンドのマフラーをほどく場面を想像しない。
10. 五分間。いや、三分間。もう何分でもいいから。

第七章　ジェイミー

ただ呼吸をしながら、どれだけのあいだデスクチェアにすわり続けていただろう。

とうとうぼくは携帯電話を見つめるのをやめた。届いたメールは父からだった。

〈おまえの決心がついたかどうか、レアンダーが知りたがってる〉

これは今までの人生で最悪のできごとだろうか。ぼくはばかじゃない。ばかだったら、もっと楽だったろう。でも、ぼくたちは今日ニューヨークに行ってモリアーティ一族を追跡し、戻ってきてみたら、思いがけない破壊工作の事実に直面した。物理学の授業計画表に自分でつけた大きな赤い丸印をじっと見つめる。個人発表は成績の四十パーセントを占める、と書き添えてある。これは殺人ではない。拉致でもない。小規模で陰湿で、なおかつ効果のあるやり口。パターンに見覚えがある。

事態は悪化の一途をたどるだろう。でも、降参するのはもううんざりだ。

だれかがシャーロットを罰しているのだ。ぼくを罰することによって。

そうでなかったら、ひょっとするとぼくが創作クラブの集まりをすっぽかしたためにガールフレンドがかんかんに怒ったのか。

「いいだろう」

ぼくは大声で口に出した。

「いいだろう」

いまいましい宿題をもう一度仕上げるために、ぼくは夜明けまで起きていた。

あくる日の一時間目はフランス語だった。エリザベスがぼくの腕を取って教室まで連れていってくれた。彼女は、ルームメートが二段ベッドの下にオレンジの皮を大量に放置し、それがとてもいい香りだったけれど、それも腐るまでのことだった、という話をしていた。彼女たちは昨夜、ベッドの下から皮を完全に片づけるのに時間がどれほどかかるかについて議論（四日？　五日？　そのままにしたほうがいい？）したらしい。くたくたに疲れていたのにもかかわらず、ぼくはその話が持つ奇妙な詩的雰囲気と、エリザベスの身ぶり手ぶりと、その笑い声に興味を引かれた。いつもと変わらない日常だ。

彼女は語学棟の入口階段の前に着いたところで話を締めくくった。

「それで、オレンジが何かのメタファーみたいに感じられたの。それが何かはわからないんだけど」

「その感じ、ぼくもすごくしたよ」

「ゆうべはあなたがいなくて寂しかった。創作クラブの会合はいつもどおりくだらなかったわ。また死んだおばあちゃんについての詩なの。ねえ、あなた、一睡もしてないみたいな顔してる」

エリザベスは紅茶にまだ口をつけていなかった。ぼくが自分の分を飲み干したのを見て、彼女の紙コップを手渡してくれた。

「ひょっとして、また考えてたの……?」

語尾がにごされたけれど、ぼくにはその続きがわかった。〝去年のことを〟か〝シャーロット・ホームズのことを〟だ。

「ううん。今日のためにやらなきゃいけない勉強があったんだ。ぎりぎりまで手をつけてなくて」

物理学の発表原稿を台なしにされたことについては話さなかった。口に出すとそれが現実味を帯びてしまうから。それに〝また考えてたの?〟のひと言にエリザベスの不安が感じ取れたので、話すのをためらったのだ。進み続けるには、ものごとを前向きにとらえ続ける必要がある。

「授業のある日に父親と学校を抜け出すのはいいことじゃないっていう証拠だ」

「お父さんはあなたに悪い影響をおよぼしてるわね」

そう言って彼女はぼくの頬にキスした。

「でも、もっと頻繁にお父さんと出かけるべきよ。そのほうがあなたにとって幸せだと思う。居眠りしないようにね。それでなくてもムッシュー・カンはあなたを目の敵にしてるんだから」

確かに彼はぼくを目の敵にしているけれど、それは前年度の秋にぼくが科学実験棟四四二号室に入りびたってフランス語Ⅲの授業を何度もサボったからだ。ぼくを嫌っていたとしても、どうして先生を責められようか。今日の授業では、ぼくがあまりにもへまばかりしていたものだから、トムがわざわざ机の下で〈大丈夫か?〉と打ったメールを寄こし、ぼくは彼にやめるよう手で合図しなければならなかった。AP西洋史の授業中は、眠気に対抗して腕をつねり続けたせいで、あざまでできてしまった。物理学の学習発表では、パソコン画面の原稿をできるだけ注意深く読み上げ、そのあいだ足がふらつかないよう努め、発表が終わった瞬間、自分が揺るぎないA評価をもらっている唯一の授業――すなわちAP英文学――をパスして睡眠をむさぼるという大きな決断を下した。寮に戻る途中、リーナを追い越した。制服の赤いブレザーを着た彼女はコマドリみたいに華やかに見えた。いかにもぱっちり目が覚めているリーナの顔を見たら、泣きたくなった。

リーナはぼくの腕をつかんできた。

「ジェイミー、なんかあった？　すごく……ひどい顔してる」

「寝てないんだ」

ぼくはそう言って無理やりほほ笑んでみせた。疲れきっていて、寮にもたどり着けそうにない。

どうにか部屋に着いたとき、廊下に立ったまま耳を澄ました。ひょっとすると中にだれかいて、ドアの陰で棍棒を手に待ち伏せているかもしれないから。でも、それは絶対にモリアーティ一族のやりかたではないと思う。

どちらかと言えば、それはシャーロット・ホームズのやりかた。

ぼくは歯を食いしばり、部屋に入った。

原稿破壊の妖精がまた訪問したかもしれないから自分の持ちものをひとつひとつ確かめたいという衝動に、ぼくは必死にあらがった。はっきり言うと、自分の頭がおかしくなったように感じていた。いつも本棚にしまっておくスケジュール帳を、ぼくは椅子の上に置き忘れたのか？　ぼくは窓を開けっ放しにしておく人間だったか？　今、窓が開いているのは事実だけれど、自分がそうしておいたのかどうかわからない……。

パニックのうねり。寝不足で強烈な吐き気がし、頭の中身をかき出されるような感覚があるにもかかわらず、疲労感はどこかへ行ってしまった。とはいえ、英文学の授業にはもう間に合わない。

携帯電話を両手で握ったままベッドに腰を下ろす。ぼくのことをよく知っているだれかと話がしたかった。理解可能な場所にぼくを引き戻して、つなぎ止めてくれる会話をしたかった。英国は夕食の時間を迎えているはずだ。妹は学校から帰宅しており、昨夜の電子メールに書いてあったとおりなら、愚痴をこぼす相手を猛烈に欲しているだろう。携帯電話のビデオチャットで呼び出したら、妹はすぐに応答した。

「ハイ」

シェルビーは少しいらいらした様子で言った。

「今、授業中のはずでしょ？」

「たぶんね」

妹はあきれたように頭を振った。

「待って、部屋のドアを閉めてくるね。ママに詮索されないように」

「母さんはまだすてきなテッドに夢中？」

画面でシェルビーが肩をすくめた。

「彼が本当にすてきなのか、わかんない。禿げてるけど、セクシーな禿げかたじゃないんだもん。セールスポイントはママよりちょっと年下ってとこだけ。ゲーって感じよ」

「でも、母さんは幸せそう?」

「幸せ、だと思う。わかんない。わたし、ひどい人間なのかもしれないけど、ほかのだれかとママの愛情を分かち合うのは嫌だって決めたの。お兄ちゃんがずっと留守のあいだ、こっちはドラマの『ギルモア・ガールズ』みたいになってたんだ。でも、ママとはもうずっとフラペチーノを飲みに行ってない。前はほとんど毎日行ってたのに」

シェルビーの声には詫びるような響きがあった。父がぼくたち家族を捨てて新しい家族のいるアメリカに行ったとき、妹はまだ幼かったので、どんな状態だったかよく覚えていない。ぼくが何年も父と口をきこうとしなかったことも、妹はそれを父の気を引く作戦だと思っていたようだ(振り返ってみれば、確かにそうだったと言える)。父に関する妹の記憶は、ぼくの記憶とだいぶちがう。どれだけ頻繁に電話してくるかとか、誕生日にカードを送ってくるのを忘れないかとか、そういうことは妹にとってあまり重要ではないらしい。どこのパパも電話で声を聞くだけじゃないの? 年に一回海を渡って会うことでうまくいくんじゃないの?

妹と立場が逆転するのは楽しいことではなかった。シェルビーと母はいつも仲がよかったし、ぼくが妹の手をわずらわせずにできることは、自分自身のティーン向けドラマ『ぼくの両親は別々の相手とデートしてるんだぜくそったれ』で主役を務めるぐらいのものだ。

「母さんに話してごらんよ、寂しいって感じてることを。シェルビー・タイムを作ってほしいって要求するんだ。母さんはおまえのことが大好きだし、おまえの幸せを願ってる。それはまちがいないんだから」

シェルビーがベッドにひっくり返った。カメラがぐらぐらし、また安定した。

「まあ、それはどうでもいいの、だって……そうだ。お兄ちゃんにこれを話しておかなきゃ。ゆうべ、あの人がわたしを叱ったの。部屋に戻って着替えなさいって」

ぼくは思わず眉を上げた。

「テッドがそう言ったのか？　本当に？」

「うん。わたし、ショートパンツはいてて……ハイウエストの、あとタイツも。前にそんなに何度も着たことないし、どうってことないものなのに、あの人が、その格好で男子と会いに行くのか、ってきいて、もしそうならそれを着るべきじゃない、って。〝冗談〟って言ってたけど、あの人、本気だった。ママがすぐにあの人を黙らせた」

妹はそこで口をすぼめた。

「好意的に受け取ってあげたいとも思うんだけど。あの人には子どもがいなくて、父親っぽい態度を試してるのかな、って」

「だとしたら、お粗末な結果だ」

母からしっかり事情を確かめておこうと、頭の中にメモした。

「ぼくは気に入らない。なんだか彼がおまえをじろじろ見てるように思える。彼の目にはおまえが……」

「興味をそそる、とかそういうのでしょ。わかってる。ぞっとしちゃう。あの人、そんなに老けてるわけでもないし」

妹の声が冷ややかになった。

「あの人、二度とあんなことしないほうが身のためよ」

ぼくはときどき思うことがある。妹の成長をこの目で見られなかったことで、ぼくはとても大切な何かを逃したのではないかと。

「さもないと?」

「さもないと……まあ、どうでもいいかも。わたし、あの人のそばにいないもん。アメリカの学校に行くつもりだから」

ぼくは思わず飛び起き、ベッドの上に張り出している本棚に頭をぶつけてしまった。

「なんだって? だめだ。絶対だめだよ。シェリングフォードはよすんだ」

それを聞いてシェルビーは笑った。

「シェリングフォードじゃないよ。たとえお金を積まれたって、危ない殺人高校はこっちからお断り。同じコネチカット州にあるんだけど、別の全寮制学校よ。ママが見つけてくれたの。お兄ちゃんの学校からも遠くないんだ。でも、その学校は生徒の数と馬の数が一対一なんだから」

妹はそのニュースがぼくの頭にしみこむまで待ってから続けた。

「お兄ちゃんが数学が苦手なのは知ってるけど、本当なんだよ。一対一なの。全員が自分の馬を持てるの。しかも女子校で、それも気に入ってるんだ」

妹の話を聞いて、ものすごく意外というわけでもなかった。シェルビーは子ども時代にずっと乗馬を習いたがっていたから。でも、うちにそんな金銭的余裕はなかったので、代わりに母はシェットランド・シープドッグぐらいの大きさのポニーのぬいぐるみを買い与え、妹はそれに手綱をつけていつも引っぱり回していた。

「おまえがいろんな学校を物色してるのは知ってたけど、まさか海外に出るとは思ってなかったな。そこの学費は高くないのか？　母さんはどうやって工面するのかな？」

「たぶん、学校側が学資援助を申し出てくれたんだと思う。それか、新しい恋人が気前いいのかも。わかんない」

「おまえはそれでいいのか？」

「わたしは……」

そこで妹は考えこむように唇を噛んだ。

「ママには今、ママの生活があるもん。わたしは邪魔になってるみたいな気がする。ロンドンにいて少しずつ自分を見えなくするより、そっちのほうがよさそうだし」

ぼくはため息をついた。

「おまえもたいへんだな」

「うん」

シェルビーはすばやくまばたきし、目をこすった。

「とにかく、まず学校を見てからにするから。わたしだってばかじゃないよ。それをお兄ちゃんに知らせたかったの。ふたりでそっちに行って学校を見学できるようにママが飛行機のチケットを予約して、もしわたしが気に入ったら、すぐに手続きを始めるって。ママはパパにも会いたいって言ってた。最後に会ったのが、ええと……」

「一年前の冬だよ。サセックスのできごとのあと、父さんがアメリカからぼくを迎えに来たとき」

携帯電話から目を上げると、窓の外に大雪が降っているのが見えた。つい今朝がたは空が晴れていたのに。

「お兄ちゃん、大丈夫？」

シェルビーがベッドで起き上がった。妹の憐れむような目つきは気に入らない。

「大丈夫だよ。大丈夫」

ぼくの口調はひどく険しかった。

「怒りんぼになるな」

妹が子どものときと同じように歌った。

「お兄ちゃんの怒りんぼ・あんなにあんなに怒りんぼ……」

「〝怒りんぼの歌〟はやめろよ」

歌声がさらに一オクターブ高くなった。

「怒りんぼ村に住んでる・村一番の怒りんぼ……」

「シェル、まったくもう」

ぼくは笑いだしそうなのをどうにかこらえた。妹に電話して正解だった。

「その馬術学校が気に入るといいな。ぴったりだと思うよ。こっちに来たときに、そのことをまたいろいろ話そう」

妹は鼻にしわを寄せてみせた。

「わたしも早く会いたいよ。じゃあね、お兄ちゃん。またね」

ぼくは立ち上がり、カーテンを閉めた。それでも外の明るさがカーテン越しに射しこんできてベッドカバーに斑点模様を作り、まるで水中で暮らしている気分になる。ベッドに寝そべり、その光がゆらゆらと壁に反射するさまをしばらくながめていた。冬の海のことをぼんやり考える。もう一度見てみたい。たぶん、それは南の海岸ではなく、スコットランドの先の北海。大学に入ったら行こう。ひとりで列車に乗り、窓の外に広がる丘陵やヒツジの群れをながめながら北上する。エディンバラで一泊し、若いころに父がよく行った場所をめぐってみる。自分自身でいるというのがどんなものか、自分の愛する土地でもう一度学び直したい。満ち足りるというのがどんなものか、思い出したい。ぼくをつけ狙う人間などどこにもいないというふりをして。

たぶん、つけ狙う人間なんかいないのだろう。たぶん、ぼくが何かミスしたにちがいない。発表原稿に別のものを上書き保存してしまったとか、まぬけなファイル名をつけたためにフォルダー内で迷子になってしまったとか。たぶん、この二年間でぼくの直感がすっかり鈍ってしまったんだろう。結局のところ、ぼくを狙って起きたことなんか何ひとつない。

疲労が毛布のようにぼくを包み始めた。

夢の中で、ぼくはホームズ屋敷で暮らす孤児だった。ホームズの父親に追いかけられ、ホームズとぼくは怖がり、いっしょに地下室に隠れた。暗い部屋の中でふたりきりなのに周囲から大勢の人がささやく声が聞こえ、だれかが咳をし、今にも拍手が起きようとしている。自分たちが見られていることをホームズに伝えようと振り向いたとき、彼女の顔にスポットライトが当たった。その目がきらきら光った。彼女が言った。

——きみのセリフを言え。

地下室の闇の境界がにじんでいく。天井の上から聞こえる足音。ぼくたちは見つかってしまうだろう。彼らは芝居を探し求めている観客だ。

「セリフなんて知らないよ」

ぼくは小声で返事した。

「きみこそ知ってるの？」

彼女の口元を見た。そこはあらゆる誤った決断の下される場所。彼女は煙草に火をつけてくわえるだろう。彼女はひと握りの錠剤を飲むだろう。彼女はぼくにキスするだろう。彼女は許しがたい言葉を吐くだろう。彼女はこれまでやった卑劣なことをなんでもやるだろう。この女の子は世界と対立するためだけに存在し、ぼくがやめるように言うのを待っていて、でもぼくはそんなことはけっして言わず、雪の中でぼく自身を撃ったあとで、もう手を引くようにと彼女に言う。

彼女は言った。

——きみは両方とも欲した。だから、ひとつも手に入らない。何ひとつ。きみは許可を与えられるのを待ちながら残りの人生をすごすことになる。

スポットライトがちらついた。彼女が真実を語ったときにそうなった。スポットライトの光が安定したとき、だれもがぼくたちを見ることができるようになっていた。すでに観客が到着していたけれど、彼女の態度はより馴れ馴れしくなるばかりだ。彼女の両手がこっそりとぼくの頬に動いた。そして、ささやく。

——今このときでさえ、きみは被害者となる許可をほしがっている。きみがずっと欲していたのはただひとつ。まるでラブレターでも読むように、きみのもとへ駆けつけて助けてくれる、だれか。

「シャーロット」とぼくは呼んだ。

——それは、わたしの名前ではない。

明かりがまたたいた。

——ジェイミー。ジェイミー。ジェイミー……。

「……目を覚まして」

だれかが明かりを点けたり消したりしている。何度も。ぼくたちはまだ地下室にいるのだろうか？　窓はどこ？　出口は？　ぼくは出口を探すよう教えられてきた。そのことをわが身にたたきこんできた。

ちがう。ここは寮の自分の部屋だ。勢いよく起き上がると、目の前に斑点がいくつも見えた。

「だれ？」

「やだ、本当に寝ぼけてるのね」

エリザベスがクローゼットの扉に寄りかかっていた。薄暗い中に浮かぶ赤いブレザーにぎょっとした。もう夜なのか？　まだ同じ日の？

「ごめん」

ぼくは顔をこすった。

「ごめん……今、目が覚めた。えっと……もう夕食の時間？」

「あなたは夕食の時間もずっと眠ってたのよ」

そう言って彼女は腕組みをした。

「わたし、様子を見に来たの。ミセス・ダナムはあなたのことを朝から見てないって言うし」

　ぼくは唾を飲みこんだ。

「残りの授業をパスしちゃったのか」

「残りの授業をパスしちゃったのよ」

　エリザベスがぼくに対してこの声を使うのを聞いたことがない。今までに一度も。彼女がこの抑揚のない口調で話すのを聞くのは、性差別的なジョークを言ったランドールを完膚なきまでにやっつけたとき以来だ。

　そのときになって彼女の言葉の意味するところがようやく理解できた。

「しまった。ああ、まずい。ぼくは……」

　AP数学を欠席してしまった。今日が提出期限のものはなかったっけ？　マイヤース先生は気づくだろうか？　彼女はけっしてノートから目を上げないし、ぼくはいつも質問の手をあげないから、ひょっとすると……。

「ジェイミー、あなた、本当にひどいわ」

　エリザベスの低められた声と殺意さえ感じさせる表情の理由がわからない。

「ぼくが何かした？　なんでそんなに怒ってるの？　ぼくの記憶が確かなら、昼寝のせいで授業をすべてすっ飛ばしたのは、きみじゃない」

　彼女は急にぼくのほうに迫ってきた。

「わたしにわざわざ電子メールを送ってきて、携帯メールじゃないだけでもすごく変なのに、わたしに話があるって書いてあって、でも夕食のあとじゃないと話せないってあるし、この時間しか部屋に入れないから、こうやって来たのに。一応言っておくと、英語のスタディ・グループをサボって来てるんだからね。で、来てみたら、あなたはベッドで寝たふりしてて、しかも昔のガールフレンドの名前をつぶやいてるって、どういうこと？　シャーロット、シャーロット、シャーロット。あなたは汗びっしょりだし、この部屋は気持ち悪いし。なんで壁がべとべとしてるの？　いったいどうなってるのよ？　悪趣味な冗談？　どうしてわたしにこんなことするの？」

　ぼくの目前まで来た彼女は、目か喉を突こうとするみたいに指を突きつけ、今にも泣きだしそうだった。エリザベスが泣くところは見たことがない。彼女がこれほど気持ちの抑えがきかなくなることがあるなんて知らなかった。ぼくはそのことにおびえ、口ごもりながらでも否定し、説明するべきだった。

　でも、そうしなかった。なぜなら、ようやく目の焦点が合ってきたとき、彼女の背後の壁に茶色い液体がぶちまけられ、しぶきのあとが幾筋もカーブを描くように下のデスクまで続いているのが見えたからだ。茶色い液体はノートパソコンにまで飛んでいて、開いた画面上には電子メールソフトの受信トレイが見えた。いずれにしても画面の上半分はそう見える。下半分の表示は黒とグレーの点滅になっている。キーボード部分はびしょ濡れで、デスクチェアとコルクボードとベッドの端も同様だった。デスクの上に飾ったロンドン大学キングス・カレッジのペナントも。

ダイエット・コークのつぶれた缶がひとつ置いてあった。エリザベスのために冷蔵庫に入れてあるものだ。ランチのときはいつも、まるで謝罪の印みたいにそれを一本彼女に持っていく。彼女を好きであることへの、とても好きであることへの、そしていまだに別のだれかを愛していることへの謝罪。

何者かがコークの缶を振り、ノートパソコンに向かって中身を噴射させたのだ。母が陶芸クラスに通うために貯めていた金で買ってくれたノートパソコンに。

罪悪感の上に罪悪感が重なる。それがぼくの身体を締め上げる。

「どうなってるの、ジェイミー」

エリザベスの声が大きくなった。廊下に聞こえるほど大きく。

「あなたがパニック発作を抱えているのはわかってる。何かについて最低の気分になってるのも知ってる。何かほかのことがあるの？　まだわたしに話してないこと？　いったい何が起きてるの？」

そのときぼくの頭に浮かんだのは、以前のぼくが、モリアーティ一族から狙われているといかに強く確信していたかということと、これは彼らの新たな策略だということだけだった。彼らは、ぼくを助けようとシャーロットがふたたびあらわれるまで、ぼくを罰する。そうでないとしたら、ひょっとしてぼくのガールフレンドが何かの理由でぼくを罰しているのか。昨夜そんなことを考えたときは笑えた。でも今日は、ひどいありさまの部屋の真ん中に彼女が立っているとなると、おかしくもなんともない。

「これはきみの仕業？」

その言葉はまるで呪いのように口からこぼれ出た。口に出すつもりも、考えるつもりもなかった。こんなに恐ろしい思いは二度とごめんだった。

「本気で言ってるの？」

「言ったとおりさ。きみがやったの？」

もう自分でも止められなかった。

「何かの仕返しをするために、ぼくのノートパソコンを壊したのか？」

エリザベスの目がうるんでいた。

「あの女の子は何をして、あなたをそんなふうにしてしまったの？」

そのひと言でぼくたちの喧嘩は一段上のギアに入ったようだ。

「彼女が何をしたか？　あのさ、ぼくがずっとこんな性格だったとしたらどう？」

エリザベスにも触れてほしくないことがいくつかある。絶対に触れられたくないことが。これはそのひとつだ。

だれも事件の全体を知らない。知っているのは、ぼくとホームズとスコットランド・ヤードだけ。ぼくはその状態のままであってほしい。だって、みんながぼくの顔を見て、どれほどぼくがまぬけだったかを知っていたら、ぼくはどうやって前に進んでいけるというのだろう。

「じゃあ何？　あなたは最初からそんなくだらない男だったってわけ？」

エリザベスは泣いていた。

「どうしてわたしにそんな言いかたをするの？」

ぼくは口を開きかけて、やめた。ぼくは本気で非難しているのだろうか？　彼女はゆうべ、本当に創作クラブの集まりに出たのか？　それとも、寮にぼくよりも先回りして発表原稿を削除したのか？　いや、それは不可能だ。彼女はこの件には少しもかかわっていない。モリアーティ一族が女の子たちの喉に宝石を突っこんだこの鏡の世界に彼女を引きずり戻すほど、ぼくは身勝手じゃない。

ほかのいくつかの点では身勝手だけど。

「ごめん」

ぼくは謝った。ほかにできることはなかった。

「もういい。何も言わないで。もういいわ」

言うなり彼女は背を向け、足早に部屋から出ていった。

廊下で音がした。複数のドアが開き、そして閉まる。

エリザベスの声が聞こえた。

「やめて、ランドール。放っておいて。わたしにかまわないで。彼に何か言ったりしないでね。気持ちの準備ができたら、わたしが自分で言うから」

ランドールの肉厚の顔が部屋を覗きこんできた。何か言ってくる前に、ぼくは彼の目の前でドアをたたき閉めた。

携帯電話をつかみ上げ、父からのメールを画面に呼び出す。

〈おまえの決心がついたかどうか、レアンダーが知りたがってる〉

このいまいましい世界全体が、ぼくにシャーロットを捜しに行かせようとしているのだろうか？　いいだろう。ぼくはホームズを捜しに行く。彼女を見つけ出し、彼女の与えた損害の大きさをきっちり示してやる。

ぼくは返信した。

〈決心がついた。十分後に迎えに来て〉

第八章　シャーロット

アクロバットのインストラクターとアデロールとデマルシェリエ教授の一件があった年の夏、わたしの家族は例年どおりルツェルンに避暑に行った。

当時、われわれはかなり多くの時間をスイスですごした。マイロはかの地の全寮制学校に在籍しており、当時十二歳だったわたしでさえ、うちの家計でまかなえるレベルの学校ではないとわかっていた。冬期はオーストリアのインスブルックにあるスキーロッジで講習がおこなわれ（所在地からインスブルック学校と呼ばれる）、春期と秋期にはマイロは各国の首相や国王の子息たちとともにルツェルンで授業を受けた。

春期休暇が終わるとき、マイロが「学校に戻りたくない」と言い出した。兄が親に異を唱えるのはきわめて珍しい。まるで家族が軍事行動をしているかのように、父からの命令をたじろぎもせずに受けていたから。

「わたしはもう自分のビジネスを始める準備が十分整っています。いずれにしてもそれがわたしたちの……わたしの目的でした。大勢の人びとが十八歳で学校を終えています」

われわれは夕食のテーブルに着いていた。一日のうち、その時間だけは家族四人が必ず顔をそろえることになっている。したがって、わたしにとっては地獄の時間だった。わたしは皿を押しやり、父の様子をじっと観察した。

父が頭を横にかしげた。

「おまえは学校に行く理由をどのように考えている?」

わたしはテーブルに置かれた父の両手に目をこらした。ぴくりとも動かない。

マイロは食べものを咀嚼しながら、その質問に考えをめぐらせた。父が子どもたちを捕食相手のように見なすとき、わたしは反射的に恐怖を覚えるが、兄はけっしてそんなことがないようだ。

「人脈のためですか?」

わたしは声をひそめて「スキーのためじゃないのか?」と言った。そのころ、わたしは自己制御の能力が低かった。

運よく父の耳には届かなかった。母はテーブルの下で手を伸ばしてきて、万力のようにわたしの膝をつかんだ。母はわたしの口を閉じさせたかった。それはわたしを愛しているがゆえだ。

父が応じた。

「人脈か。やや露骨な表現だが、うむ、いい答えだ。さて、先ほどの指摘のとおり、おまえは十八歳だ。ベルギーの首相と知り合いになることは、おまえにとってどのような利益がある？」

「わたしにとって、ベルギーの首相と知り合いになることですか？」

マイロはゆっくりと言った。

「しかし、わたしがいっしょに学校に行っているのは首相の息子です」

「それで？」

父は問いかけ、テーブル上で両手を閉じ、そして開いた。よくない徴候だ。もしも片方の手のひらがテーブルで広げられたら、それはまもなく罰が下されることを意味し、罰がマイロとわたしのどちらに向けられるかはコイントスで決まる。

静寂の中、家政婦がやってきてそれぞれのグラスに水を満たしていった。気持ちのやわらぐ音だ。だが、わたしは父の両手に目をこらし続け、わたしは吐いたりしない、と自分に言い聞かせていた。嘔吐の音はあまりに大きい。父がその音を聞いたら、どんな結果を招くことか。ことによると心配してくれるかもしれないし、ことによると腹を立てるかもしれない。わたしにはまったく予想がつかないし、それを制御するすべもなかった。今ではパニックを制御し、けっして吐くことはない。

わたしは十二歳だった。父には自慢の娘だと思ってほしかった。だから、ぐっと飲みこんだ。

マイロも父の両手をじっと見ていた。

「わたしがベルギーの首相と知り合いになることは重要ではありません。ただし、息子を通じて、お父さまを首相に紹介できることには意味があります」

父の開いた指がフォークを包みこんだ。肉をひと切れ突き刺し、口に運んでいく。

「では、おまえは自分がインスブルックに滞在する理由を理解しているというわけだ」

次いでわたしに告げた。

「シャーロット、子牛肉を食べなさい」

それで終わりだった。わたしは吐かなかった。少なくともその夜は。

われわれがルツェルンに向かったのと時を同じくして、マイロは学校に戻った。われわれが泊まったのは町はずれのゲストハウスだった。そこは狭く、〝すてきな北欧風〟で、家具はどれも安っぽくて使いやすかった。兄のオリエンテーションの週のあいだ滞在する予定だった。

父はかつてわたしにこう言った。子どもをふたりとも全寮制学校に入れるのは経済的ではない、と。マイロはわたしと異なり、すでにアリステア・ホームズから教わるべきことをすべて学び終えており、さらに高度な教育が必要なのだ。それでもわたしがルツェルンに連れていかれたのは、まだ利用価値があるからだった。わたしは聞き耳を立てる方法を心得ていた。聞いたことを記憶する方法も、重要な部分を要約して父に報告する方法も。わたしは、子どもたちと遊びながらその親たちに関する情報を可能なかぎり収集することをまかされた。

その年――わたしが十二歳だった年――にいっしょに遊んだ子どもたちは、厳密には子どもではない。最初の週にすごすことになった相手は卓球の神童クエンティン・ワイルドで、十五歳だった。トレーニングのメニューを一日も欠かさないよう、いつも家族がまだ授業が始まってもいないうちに学校の施設に連れてきていた。

クエンティンは明らかに観客を必要としており、わたしがその観客にならねばならなかった。わたしは彼のプレーを見物し、適度に感心してみせるように言われた。彼の母親はアメリカ合衆国エネルギー長官か何かで、父親は子どもたちの世話をするために家にとどまっていた。子どもたちはみな全寮制学校に入っていたから、父親のする世話というのがどのようなものか定かではないが、その範囲は息子の肉体的健康にまでおよんでいなかったようだ。わたしは卓球が嫌いだったから、見物に神経を集中させるのがつらかった。彼の髪は名前のとおり伸び放題《ワイルド》だったので、ヘアカットをするべきだと思わずにいられなかった。

（前夜遅く、もうほとんど夜が明けるころだったが、両親が口論し、わたしは目を覚まして聞いていた。

――なんてばかばかしい。あなたもわかっているはずよ。

壁を隔てていても、母がひどく憤慨しているのがわかった。わたしは壁越しに話を聞くのが得意なのだ。そのように訓練されてきたのだから。

――マイロをここに通わせるのに、わたしの年収とほぼ同額の費用がかかることはわかっているでしょう？　あなたは援助金の申請もせず……。

――そんなことをすれば、わが家の経済状況が世間に知られてしまう。それは、この件の目的にまったくそぐわない。

引き出しをたたき閉める音。わたしの目を覚まさせたのと同じ音だ。それから、どさっ、という柔らかくてうつろな音。

――理性的になれ、エマ。

――わたしはずっと理性的よ。

母の声は低められていた。

――反対意見を持つ女ではあっても、わたしはヒステリックになったりしない。少なくともあの子たちに対して、あなたにできるせめてものことは、子どもがあなた自身のキャリアのために踏み台にされる存在ではまったくないというふりよ。あの子たちを愛しているふりをすること。

——わたしは子どもたちに対して正直でいるつもりだ。あの子たちもわかっている、わたしが愛していると……。

——今も愛している？　きちんと責任を取ってちょうだい、アリステア！　あなたはあまりに多くの嘘をつきすぎて、自分でもその嘘を信じ始めている。国防省をもう解雇されたのよ！　情報の売却が発覚したの！　それなのに、まるで自分が不当に扱われたと考え始めているみたいで、今度は子どもたちに過剰な期待という……鞭打ちの中をくぐらせ、あの子たちをはしごか何かみたいに利用して、また頂点に登ろうと……。

——比喩に混乱があるな。

父の口調は冷ややかだった。その意味は〝おまえは酔っている〟で、おそらく母は実際に酒に酔っていたのだろう。それで母の憤慨が否定されるのかどうか、わたしにはわからなかった。

——あの子たちのために、あなたはもっとよりよいものを望むべきだわ。わたしはそうする。ふたりを連れて出ていくわ。ロッティだけでも連れていくつもりよ。あの子が骨と皮になるほど痩せこけているのが目に入らない？　あなたは気にもならないの？

　母がこれほどわたしのことを好いてくれているとは思ってもみなかった。わたしはうれしく感じることを一瞬だけ自分に許し、すぐにまた思考を研ぎ澄ませた。父からこう教わっていた。人は動機を持っており、必ずしも利他的ではない。たとえ独善的な興奮しか味わえない場合でも、人はなんらかの利益を求めるものなのだ、と。

　だが、父がわたしにほどこした教育が誤りだと母が言うのなら、レッスンを通じて父から聞かされた内容はおそらく誤っているのだろう。それでも、母が父に面と向かって反論するのを聞いたことはなかった。たったの一度も。母は今、父も動機を持っていて、それがほかの人びとの動機以上に利他的でないと言っているが、父を攻撃するために母が武器庫を空にしているだけだということぐらいは十二歳でも理解できた。

　どちらの言い分が真実なのか、なんとも言えなかった。どちらかが真実を語っているとして、だが。

　――おまえはあの子を甘やかしている。いずれにしても、あの子の見込みはあまり示されていない。ジェームスン・ダイヤモンド事件か？　あれはくだらん偶発事にすぎん。おまえがあの子を連れていけば、保護の名のもとに、あの子が本来持つ潜在能力の芽を摘んでしまうだけだろう。そんなことは許さない。

——あなたのその期待……。

グラスが粉々に砕ける音。大きな音だったので、わたしの隣のベッドで寝ている兄も目を覚ました。

——もう寝なさい、エマ。

そこで父は今度こそ口に出して言った。

——おまえは酔っている。

マイロが手を伸ばしてきてわたしの肩に触れ、ふたたび目を閉じた。)

以上のことがわたしの頭にあったとわかってもらいたい。

クエンティンはヘアカットの必要があった。わたしは自分の髪の切りかたを知っており、腕もかなりいい。わたしが髪を切ってあげると申し出ると、クエンティンは了承した。だれもいないゲストハウスに帰ると、わたしは自分の道具箱からはさみを取り出し、ひとりでバスルームに立った。今にも自分が壊れてしまいそうだった。

だが、わたしは持ち直せる。自分ひとりの力で。そのための方法があるのだ。わたしは自分自身にひとつずつ感じさせた。パチパチと音をたてる眠らない脳を。何時間も球を打つまぬけな少年を見つめる退屈さを。七月下旬のスイスにいるのに、百科事典を読んだり裏庭で何かを爆発させたりできず、蒸し暑い体育館で日々をすごさねばならない理不尽さを。母がわたしを欲したのがたとえ交渉の切り札としてだったとしても、まったく欲してもらえないよりはましだという悲しい事実を。そうやって感じたものを、教わってきたやりかたですくい上げ、足元の大地に埋める。

その方法が初めてうまく機能しなかった。

わたしは再度試みた。その場にしばらく立ったまま、感じたものの強さに身を震わせていると、今度はそれらが胃からこみ上げてきて、嘆かわしいパニックに締めつけられてしまい、思考が加速した。わたしは感じ取った。何もかも感じ取った。まるでスケッチ画のように自分を頭の先から消しゴムで消してしまいたいと思う一方で、だれかに触れてほしかった。本心はどうあれ、わたしを愛していると言ってほしかった。わたしはもう一度試みた。そして、失敗した。わたしは泣き、自分が泣いていると知って驚いた。そのとき、クエンティンに発見された。

思いがけないことに、クエンティンはわたしを抱き寄せた。

「家族の問題か？」

彼が身を離して尋ねてきたので、わたしはうなずいた。

「そんなのクソ食らえだ」

それに対して言うべきことは大してなかったので、わたしは黙っていた。

クエンティンの視線がバスルームの棚をさまよい、わたしのコスメティックが並んでいる場所にヘビのように手を伸ばすと、アデロールのボトルをつかみ取った。

「きみは愛好者？」

わたしは考えてから答えた。

「そういうわけじゃない」

「変わった子だな」

彼は数粒残っていた錠剤をすべて手のひらに振り出した。

「なあ、交換しよう。おれたちはあとでパーティを開く。おれとベイジルとトムで。きみはたぶんちょっと若いけど、来たければ来ていいよ。試供品をほしい？」

バックパックからボトルを探し出し、小さな白い錠剤を二錠振り出した。

「ほら。乾杯」

彼は一錠をわたしに手渡してから自分の分を口に放りこんだ。

わたしはためらった。

「そいつはきみの感じてるクソを追い払ってくれるよ」

わたしがあまりに急いで飲みこむのを見て、彼が笑いだした。

夜中にゲストハウスに戻ったとき、どこにいたのか、と父にきかれた。父が詳細な説明を求めたので、わたしはそうした。クエンティンといっしょに体育館でピザを食べ、そのあいだガールフレンドのターシャについて聞かされた、と。わたしはいつでもターシャという名前がお気に入りだ。父にうまく嘘をつき通せたのは、そのときが最初だった。

実際には、わたしは〝パーティ〟に顔を出したとたんに無視された。ベイジルとトムはテキーラのボトルを回し飲みし、あとはずっと洗面所で吐き気に見舞われていた。わたしはクエンティンの髪を切ってやったが、そのあと彼は見たこともないほどの集中力で何時間も卓球の練習に打ちこんだ。わたしは校内にあるプールまでぶらぶら歩き、足先を水につけながら百科事典の〝Q・R〟の巻を読んだ。わたしの必需品だが、いつもと異なるのは自分の錠剤のボトルをクエンティンのものと交換したことだ。

彼のものはとても気に入った。

二年後、その夜に起きた本当のことをマイロに打ち明けた。ふと正直に話したい衝動にかられたのだ。クエンティンからは謝罪の手紙が届いた。字がひどく震えていたので、マイロが彼の首筋にナイフを当てて書かせたのだと想像するしかなかった。

あれは愛だった。愛の姿をしたものだ。

午前四時、ケトルを火にかけた。愛用しているアメリカのビジネス・データベース（契約者しか閲覧できない）で必要な情報を集め、結果を書きとめ、それをふるいにかけ、さらにもう一度ふるいにかけた。それから、グーグル・マップでブルックリンのグリーンポイント付近をしばらくながめていた。四時半にスコットランド・ヤードに電話をかけた。

スコットランド・ヤードに電話して職務中の警部を呼び出してもらうことには、ある種の喜びがある。自分が正式な情報提供者であり、記録にも載っている。そうした認識もまたうれしいものだ。もっとも、あのような組織をさほど信用してはいないが。

「スティーヴィー」

グリーン警部が今日はそのように応答した。

「電話をもらえてうれしいわ」

わたしは「どうも」と言った。スティーヴィーはわたしのコードネームで、スティーヴィー・ニックスから来ている。わたしの電話でグリーン警部を〝スティーヴ〟と登録してあるのはそのためだ。警部は七〇年代のフォークロックを好み、ユーモアのセンスはどうにも古くさい。

「部屋に落ち着きました」

「よかった。何か報告することはある？」

わたしはリー・グリーンに好感を抱いている。

彼女とはかれこれ長いつき合いになる。彼女はかの有名なジェームスン事件の担当刑事だった。新聞記事をそのまま信じれば、わたしがクレヨンで地図を描いて盗難ダイヤモンドのありかを警察に教えたという、あの事件だ。はさみを持って過去に戻り、芝居の場面を切り取るように変えられたらいいのにと、しばしば思う。芝居がわたしの人生だとしても、なんの不都合があるだろう。

もしもわたしがジェームスン事件に関与することがなかったならば、考えうる最悪のシナリオは、父がわたしの才能を完全に見落とすことだ。わたしはごくふつうの女の子であると見なされ、オックスフォードに入学して化学を学ぶために今ごろロンドンのどこかでAレベルの成績を取ろうと猛勉強しているだろう。だが、わたしは高名な探偵と同じ姓を持つ子どもで、父親が事件について警察と話をしているあいだソファの陰に隠れていた。それもこれも、父親がその高名な姓のせいで誇大妄想を抱き、ささやかな犯罪解決の王と自称したからだ。

グリーンは警察組織の一員になる前、ケンブリッジ大学で探偵小説の研究をしていた。ゆえに彼女は父のところにやってきたのだ（しばしば思うのだが、彼女とワトスンはかなりウマが合うことだろう。彼は手ごわい女性が好きだから）。そのとき以来、わたしはグリーンに情報を提供してきた。とはいえ、われわれふたりが現在おこなっている任務は、よくても〝半合法〟としか言えない。彼女はわたしを信頼している。それが賢明であるかどうかは、彼女の側の問題だ。

「ピーター・モーガン＝ヴィルクの身元を確認しました。警部が税関に影響力を行使できるなら、わたしがパスポートを押さえます。モーガン＝ヴィルクは平気でしょうが、ルシアン・モリアーティには痛手でしょう」

「それでいいわ」

彼女は答えながらキーボードを打っていた。

「あなたの叔父さんがこの情報を見つけ出したということ？」

レアンダーがルシアン・モリアーティを追っているから、わたしは叔父を尾行している

――グリーンには数ヵ月にわたってそう報告している。警部とは毎日話しているわけではない。意図的に変な時刻を選んで連絡し、叔父の〝調査メモ〟から〝収集した〟情報を提供してきた。

「叔父とはもう別れました。自分への誕生日プレゼントということで。わたしは今、単独行動をしています」

「わかった。誕生日おめでとう。で、何をするつもり？」

「モーガン＝ヴィルクがルシアンの政治的キャリアに関してほのめかした内容を調べてみます。マイケル・ハートウェルの娘については、少し考えがあって……」

グリーンが噴き出すように笑った。

「なんです？」

「スティーヴィー。答えは『ディズニーランドに行きます』よ」

「なんでもない。それじゃ、こっちもポルニッツとハートウェルのパスポートを押さえるわ」

「わたしはそれらの出どころを調べます。おそらくモリアーティは彼らを無作為に選んではいないでしょう。すでに死亡している者の身元を使うことを慎重に避けています。その理由は、このポルニッツは別としても、ほかの二名に関してはわかりません」

「その点の解明はこっちにまかせてちょうだい。あなたには今日、グリーンポイントに行ってほしいの」

「グリーンポイント」

それはすでにわたしの予定表にあったが、命令されるのは気に食わない。

「わたしに対する軽蔑をもう少し隠してくれない？　そうすれば、あなたはもっと先に進めるわよ」

わたしは謝罪の言葉を口にしようとしたが、別のことを言った。

「昨日、ワトスンを見ました。彼はわたしを見ていません」

グリーン警部はため息をついた。われわれふたりの過去のいきさつをすべて把握していなくても、それがどれほどまずいことになるか彼女はわかっている。

「それについて、あなたはどう感じてるの？」

単純な質問だ。単純な質問をされると、なぜいつも相手に噛みつきたくなるのだろう。

「昨夜はよく眠れませんでした。今日、グリーンポイントで何か特別なことがあるのですか？」

「ギャラリーからコネチカット州に送られる荷物があるの。閉店時に発送されるわ」

わたしが感じていた感傷は濡れぞうきんでぬぐうように消え去った。

「届け先は？　コネチカット州のどこへ？」

「スティーヴィー……」

「どこですか？」

すでに答えのわかっている質問をするのは好きではない。

「トラックに乗ってはだめよ。トラックに近づくのもだめ。わかった？　トラックは絶対になし。情報収集のみ。連中にあなたの姿を見られたくないの。くれぐれも……」

「同じことを五通りの言いかたで言ったところで、効果が上がるわけでは……」

「あなたのララ・クロフトみたいな無茶もね。本気よ、スティーヴィー……」

「わかりました」

短い沈黙。

「もう切らないといけないわ」

グリーン警部が小声になった。周囲にだれかがいる気配があった。上司だろうか。

「ゆうべ、いつもの写真を送ってこなかったわね」

錠剤の写真だ。昨夜は眠りに落ちてしまった。

「すみません」

「謝ってもだめよ。今すぐ送ってちょうだい」

グリーンが電話を切った。

わたしはグリーンポイントに行く気になっていた。彼女の指示をあっさり受け入れたのは自分でも驚きだ。確かに警部はわたしに正当な理由を与えてくれたが、過去において、それは十分ではなかった。

現時点において、わたしには管理者《ハンドラー》が必要だとわかっている。あの最後の任務についてちらっとでも考えれば、自明のことだろう。

あの日、裏庭でワトスンがわたしに言った。

――もしもきみがひと言でも言ってくれてたら。とにかく、何かひとつでも教えてくれてれば、ぼくはきみの考えを変えさせることができたのに！　なのに、きみはぼくをこの場所に巧みに誘導して、それもただぼくに……。

――これは愛なんだ。愛の姿をしたものだ。

そう言ったあと、わたしは彼をオオカミの群れの中に置き去りにした。

そう、わたしにはハンドラーが必要だ。グリーン警部が最適任者でないとしても、まずはそこから始めないと。

コートの裏地の中から隠匿物を取り出す。それを写真に撮る。紅茶をもう一杯入れてから、〝ブライトン出身のローズ〟の変装セットを身に着け、仕上げに黒いキャットアイ・サングラスをかける。そして、防弾ベストを買いに出かけた。

護身用具店の男は疑うような目つきでわたしを見た。

「そりゃ、いったい……」

わたしはいらだちもあらわに告げた。

「だから、ファッション学校の入学発表に提出する作品のためよ。作品は個人の安全をわたしなりに解釈したもので、そこにはチュールがたくさんついてるの」

「ツールが?」

「チュールよ。バレエのチュチュみたいな。それをベストにつけ加えるの」

わたしはバッグを片方の肩から反対側にかけ替えた。

「ここにわたしのサイズを書いてきた。自分でモデルをやって披露するの」

男がまだわたしの顔を見ているので、足を踏み鳴らした。

「まったくもう。これって理解するのがそんなにむずかしい?」

ありがたいことに店内は空いていた。わたしは騒ぎ立てる必要があった。商品を買う気が感じられ、なおかつ記憶に残らない——そのような女の子の印象を店員に対して正確に与えねばならない。もしもわたし自身として来店して静かに購入をすませたら、その奇妙さが店員の記憶に残ってしまう。

「あんたの金だからね」

店員は肩をすくめて言うと、背後の壁から最も低価格のモデルを取った。

「ううん。わたしがほしいのは、ビザンチウム・エクスプレスのレベル3X-A。もしあったら、速乾性ウィッキングのやつ」

「しっかり下調べずみか」

少し不愉快そうに驚きを見せる店員に、わたしは繰り返した。

「ウィッキングのね」

「ウィッキング？」

「説明するだけで、すごいストレス」

店員がためらいがちにその商品を指さした。

「こいつは七百ドルもするんだ、お嬢ちゃん」

つまり全財産が二百ドルにまで減ってしまう。だが……。

「色が気に入ったわ。スカートに合いそう。包んでくれる？」

だれもいない地下鉄のホームで肌着の上に防弾ベストを装着し、その上にサイズの大きなブラウスを着た。ブロンドのウィッグをバッグに押しこみ、ウィッグ用のピンを刺すために今朝がた巻いた髪をすばやくほどく。ふたたび自分自身に戻った。巻き毛だけがいつもとちがう。

電車が到着したとき、ベストの締めつけ具合を確かめている自分に気がついた。緊張しているのだろうか。おそらく、そうなのだろう。これは楽しみにしていた用件ではない。何しろリスト上では四番めの項目なのだから。

とはいうものの、ヘイドリアン・モリアーティとはどこかの時点で会わねばならない。今が最適のタイミングだろう。

第九章　ジェイミー

十分が経過しても父はあらわれず、代わりに返信が来た。

〈おまえの芝居がかったやりかたは悪くないが、おれは今月の売上げ報告書を仕上げないといけない。明日学校が終わったあとなら迎えに行ける〉

それでかまわない。どのみちぼくには考えをまとめるための時間が必要だ。カフェテリアで生米《なまごめ》とゴミ袋を分けてもらい、イカれたノートパソコンと米をいっしょに袋の中に入れた。インターネット情報によると、生米は水分をよく吸い取るらしい。袋の中を嗅いでみたら、妙なタピオカ・プディングみたいなにおいがした。

ノートパソコンをマリネするかたわら、ぼくは腰を落ち着けて事件の時系列表を作ってみることにした。タイムラインは別に複雑ではない。これをやった連中は、事態をことさら複雑にする必要はなかったはずだ。

そんなことをしても得にならないから。

物理学の発表原稿が削除された件はどうか。あれは、ぼくが寮を出てから戻ってくるまでの三十分間に起きた。ぼくは寮の前で父の車から降りたから、帰ってきたところをだれかに目撃された可能性がある。だけどその場合、連中はぼくがもう一度出かけるのを待つ必要があるし、いつもどおりに創作クラブに参加しないことを知っていなければならない。ミセス・ダナムはぼくが寮に入るところと出るところを見ていたけれど、ぼくがいつ戻るのか知らない。確かに寮母なら急いでぼくの部屋に押し入ってファイルを削除できるかもしれないけど……。

胃がぎゅっとこわばった。ミセス・ダナム？　そんなことは断じてありえない。

ましてやミセス・ダナムがエリザベスに電子メールを送って呼び出し、自分でぼくの部屋に忍びこんで、ぼくの眠っているあいだにノートパソコンを壊すなんて、想像すらできない。そんなことができるのは度胸のあるやつだ。もちろん百人もの十代の男子の面倒を見ている寮母に勇気があるのは疑いないし、きっと思いもよらないほどいまわしい光景を目にしてきただろうけど、ミセス・ダナムが冷酷で非情になる姿など思い描けない。たとえルシアン・モリアーティに大金を積まれたとしても。

やはり、その点に帰着する。だれが買収されたのか。ホームズのまずいふるまいのせいで生まれたブライオニー・ダウンズみたいな狂信的な犯人がいないかぎり、容疑者はモリアーティ一族から金をもらった人物であるはずだ。そこには感情がからまない。それだけにいまいましいけれど、おかげで解決は容易になるかもしれない。

　記録し、それから計画を立てる。

　まずはエリザベスに謝ることから始めよう。彼女には謝罪を受ける権利がある。ぼくが悪夢を見ている最中に彼女がやってきたのは、不運な偶然にすぎない。だれにも予期できないことだ。どちらかと言えば、連中が部屋に忍びこんでノートパソコンを破壊し、そこでぼくが眠っているのを見つけ、エリザベスに電子メールを送って彼女に罪をかぶせようとした、と考えたほうが筋が通る。ぼくの状況判断を混乱させるためだ。

　ぼくは自分を重要人物などと買いかぶってはいない。これをやった犯人の目的はシャーロット・ホームズであり、ぼくは目的に近づくための手段なのだ。それがぼくの作業仮説であるべきで、ぼくはあくまで巻き添えの被害者にすぎない。

　さもなければ、ぼくは知らないうちにシェリングフォード高校内に新たな敵を作ってしまったのだろう。

　ごしごしと目をこする。

　そうだ。盗聴器を探さないと。捜索はたったの十分で終わった。もともと狭い部屋だし、ぼくは一年前、寮の家具を最も効率よく分解する方法を習得ずみだ。マットレスを切り裂き、クローゼットを手探りし、棚を調べ、鏡の裏を見た。何も発見できなかった。

連中はどうしてエリザベスを呼び出したのだろう。ぼくが自制を失って彼女を非難するとわかっていたのか？　連中が盗聴器をより巧妙に隠したと考えたほうがよさそうだ。今はそれを心にとめておく。

次の疑問は、犯人がいつ、どうやって部屋に入ったかだ。寮のキーカードは記録を調べることができる。ドブスンが死んだあと、セキュリティ強化として寮生ひとりひとりにキーカードが支給され、どの生徒がいつどの寮に入ったかを学校側が追跡できるようになった。建物に入るときはキーカードで解錠する。問題は出るときにキーカードを使用する必要がないことだ。だれかが一日中寮内で待ち受け、侵入を手引きすることができる。ただし、防犯カメラからは逃れられない。録画映像を改ざんしたとしても、ホームズなら見抜くだろう。とはいえ、ぼくのノートパソコンを壊すために、だれがそんなに面倒なことをするだろう？　ホームズを直接攻撃できるもっと簡単な方法はないのか？　わざわざぼくを巻きこむ動機はなんなのか？　ホームズならこう言うだろう。

――動機など知らなくていい。知るべきなのは方法だ。必要なのはふたつの目。考えるのをやめるんだ、ワトスン……。

ぼくはノートを閉じた。

彼女のことをずっと考えていた。まるでいっしょに捜査しているみたいに。ぼくたちはもうコンビじゃない。これは単に去年までの癖が出ただけだ。小さいころから、そう考えるのが癖だったから。この件はぼくが解決し、終わりにする。まあ、今夜中には無理だろうけど。やるべき宿題があるし、しかも人間関係を終わらせる軽率な昼寝のせいで、その宿題の内容すらわからない。

リーナはぼくと同じAP英文学の授業を受けている。そこがスタート地点だ。

〈宿題はある？　授業のあいだずっと寝てたんだ〉

携帯メールを打つと、即座に返信があった。

〈あなたとは口きかない。エリザベスにひどいこと言っといてまだ謝ってないでしょ？　何やってんのよ、ジェイミー〉

エリザベス。ぼくは今回の件をすべて彼女のせいにした。恥ずかしくて今は彼女のことを考える気にならない。

〈エリザベスには明日話すつもり。今は冷静になる時間を与えてるんだ〉

それは嘘で、リーナにはお見通しだった。

〈臆病者。あなたの頼みごとなんか聞いてあげない〉

公正な対応だ。それでも、ぼくは天井を仰いだ。エリザベスは上級生棟にいるただひとりの二年生で、リーナと同じ寮に住んでいる。カーター寮の一階には校内全体を担当する警備チームが常駐しており、彼らと壁一枚を隔ててエリザベスの部屋がある。去年の事件のあと、エリザベスの両親が娘を学校に復帰させるに当たって出した条件が、その部屋に娘を住まわせることだった。だれが両親を責められるだろう。

今からリーナの部屋を訪ねていったら、彼女（とおそらく警備員の一団）に直接指図されながらガールフレンドに謝罪するまで、ぼくは寮を出ることができないだろう。ひょっとして、今はもう〝元ガールフレンド〟だろうか？

ああ、なんてことをしでかしたんだ、ぼくは。

米の中から試しにノートパソコンを引き上げてみた。水っぽい音がした。もとの位置に押し戻す。

携帯電話がメールの着信を告げた。

〈今夜パーティを開くけど、あなたがバーテンダーをやって、エリザベスに謝って、あんまり飲まなかったら、宿題のこと教えてあげる〉

一瞬の間があったあと、ナイフの絵文字が送りつけられた。

今日は何もかも計画どおりに行かないらしい。流れに身をまかせたほうがよさそうだ。

というわけで、ぼくは火曜の夜にトンネル通路内で催されるひどくいかがわしいパーテイに顔を出すはめになった。

シェリングフォード高校の地下を走るトンネル通路は、ここがまだ女子修道院だったころに建造され、修道女たちが雪の季節に凍えることなく祈禱式に歩いていくために使用された。十九世紀に学校が地所を買い取ったとき、地下通路は壁で閉ざされた。ふたたび通れるようにしたのは、五十年ほど前らしい。今ではメンテナンス作業員が利用している。

ほかにトンネル通路を利用するのは、校内をうろつく麻薬密売人、いちゃつく場所を探すカップル、千ドルもするリカンベント自転車の安全な隠し場所を見つけたい副校長、スピリット・ウィークに新入生をひと晩中ボイラー室に閉じこめるラグビー部などだ。かつてはシャーロット・ホームズもフェンシングの練習場所として使っていた。

今夜のパーティ会場は、カーター寮とミッチェナー寮のちょうど中間に位置する広い空間で、どちらの寮からも物音が聞こえない程度に離れている。なかなかのアイディアだ。トンネル入口の暗証番号は、リーナがうまいこと管理人から聞き出したらしい。そして、招待状を送信したのだろう。

ぼくに送られたのは、正確には招待状ではないと思う。いつものぼくなら、火曜の十時に中庭の地下のどこかにある暗い空間で、ウォッカがたっぷり入った八本の高級シャンプーボトルを並べたりしない。

特に火曜日という点が気に入らない。

「金曜だったらよかったたっていうの？」

マリエラがきいてきた。質問に他意はなさそうだけど、こうもＥＤＭが鳴り響いていては、皮肉の有無を聞き取るのもむずかしい。

リーナが会場に選んだ部屋は冬期自転車保管所だった。生徒たちは四十ドル支払って降雪シーズンのあいだ自転車を地下で預かってもらい、三月になるとまた外に引っぱり出す。レンガ壁には自転車が幾重にも吊《つる》され、それが防音効果を高めている。部屋は今のところ半分ほどしか人で埋まっていないけれど、主催がリーナであることを考えれば、真夜中までには満員になるだろう。部屋の隅ではすでにファイブスタッド・ポーカーが始まっている。ホームズが見たら、あきれたことだろう。

「このパーティは何かのお祝い？」

ぼくはストロボライトをセッティングしているマリエラにきいてみた。彼女がストロボライトなんか持っている理由は不明だ。

「トムがミシガン大学に合格したって。みんなびっくりしてる。トムも含めてね」

「おれへの信任投票をどうも」

そう言いながら、トムがぼくたちの背後にあらわれた。重低音の曲の中で彼がどうやって立ち聞きできたのか不思議だった。

　ぼくはボトルから手を離し、トムの手を握った。

「やったな、おめでとう。で、ぼくにはいつ教えるつもりだったんだ？」

　トムは少し居心地が悪そうだった。

「たぶん明日かな？　聞いたとこじゃ、きみは……さんざんな一日だったんだろ？　おれがテーブルを運んでくるよ。確かキトリッジがシャンプー・ウォッカを割るドリンクを持ってくるって言ってたな」

「それじゃ、さらつやボリューム・ウォッカ・ダイエット・コークが作れるな。いいぞ」

　トムがニットベストのポケットに両手を突っこんで言った。

「ちょっと話せるか？」

　ぼくは驚いた。

「いいよ。マリエラ、悪いけどここを……」

「了解」

　そう言って彼女はバーの準備を引き継いでくれた。

　トムとぼくは人をかき分けるようにして通路に出た。リーナの判断はいつも正しい。部屋の扉を閉めると中の騒音はほとんどもれてこなかった。

「さっきの言葉は本心だよ」

ぼくの声は静かな通路では大きすぎた。

「おめでとう。ミシガン大は入るのがむずかしいもんな」

「両親はおれをイェール大に行かせたがってるけどさ」

トムが顔をしかめてみせてから続ける。

「説得中なんだ。両親がイェールを望んでも、おれは行きたくない。それにはちゃんと理由があるんだ。おれはいい教育を受けたいけど、学生ローンは借りたくない。だって、うちの両親はいくらアイヴィーリーグがよくても学費を払えないからな。それに、シェリングフォードからイェールに行ける枠は年にひとりだから、どっちみちおれには回ってきやしない」

ぼくがうなずきを返すと、トムは説明するように言った。

「セラピーのおかげだ。いろいろ取り組んでる」

「セラピーか。受けるのは好きか?」

トムは一年前の秋にホイートトリー先生に協力してぼくをスパイした。そのあと学校に復帰が認められるための条件のひとつがセラピーの受診だった。セラピーを受けること、二週間ごとに学生部長に報告すること、そしてBより低い成績を取らないこと。ぼくが知る今年のトム・ブラッドフォードは以前よりも落ち着き、地に足がついている。

ときどき、自分とトムが今もこうして言葉を交わす仲であることにびっくりしてしまう。とはいえ、そもそもぼくたちはすごく親しい友人だったわけではない。裏切りの度合いがそれ以前の親密さによって計られるとしたら、トムはさほど裏切っていないことになる。

「セラピーを好きかって？　そうだな、よくわからない。うまくいってるとは思う。自分の決断がよく理解できるようになった気がするよ。ときどきはいい決断をしてるから」

トムは足をもぞもぞと動かした。

「なあ、ワトスン……」

「ジェイミーだ」

ぼくは少し不快な気分で言った。トムはぼくを見た。

「ジェイミー、今夜はわざときみを招待しなかったんだ。その理由はエリザベスの件じゃない」

ぼくはどう返事すればいいのかわからなかった。ぼくたちは確かにそれほど親しくないけれど、友人ではある。ランチのときはたいてい同じテーブルにいるし、夜は図書館でいっしょに勉強する。ぼくはトムの事情を知っていて、彼はぼくのを知っている。

少なくとも、ぼくは知っていると思っていた。

「なんて言えばいいのか、わからないよ」

どういうわけかぼくの返事はトムを怒らせたらしい。

「ほらな？　その態度！　おれが意地悪なことを言っても、きみのほうは腹さえ立てない。おれの影響なんかちっともないみたいに」

「きみはぼくの五歩も先を行ってるみたいだ。いったいなんの話をしてる？」

「これだよ！　このことすべて！」

トムは汚いリノリウムの床を蹴った。音が無人の通路に反響する。

「きみは無関心なんだ。おれたちは友だちなんかじゃない。きみはリーナとも本当は友だちじゃない。エリザベスとだってそうさ。きみは自分がエリザベスと仲がいいと思ってるし、彼女もそう思ってるかもしれないけど、そんなのまるっきり嘘っぱちだ」

トムは傷ついていた。しかも、これは彼のためのパーティだ。たとえ彼の言い分に反論したくても、そんな気分にはなれなかった。

「自分じゃ気がつかなかった。本当に悪かったよ」

「ちがうって、ワトスン。きみはそうやって何も言わない。おれに何ひとつ話そうとしないんだ。明らかに何か起こってるのに……」

「ジェイミーだ」

「え？」

「ジェイミーだよ。ワトスンと呼ぶな」

　通路の角を曲がってきた女の子のグループが足を止めた。ぼくたちの話の邪魔をしていいものか迷っている。先頭の子は髪がブロンドでパーティドレスを着こみ、手には鮮やかな色の錠剤がつまった小さなジッパーバッグを持っている。きのう、ぼくたちの昼食のテーブルにマリエラが連れてきた子のようだ。一年生の子。女の子たちは全員一年生らしい。ここに来るには若すぎる。

　トムが問いただしてきた。

「なんでだよ？　おれがラグビー部員じゃないから、名字で呼んじゃいけないのか？　一年前の件で、まだおれを罰してるのか？　それならそれで、おれはかまわない。ただ、わかるようにちゃんと話してくれよ！」

　それまでかき集めてきた弁解がばらばらと消え失せた。ぼくはトムを罰してはいなかったけれど、そのあいだに彼にもっとひどいことをしていたからだ。ぼくはトムのことを少しも思いやっていなかった。彼のことも、リーナのことも。エリザベスに対してだって、彼女にふさわしい形では思いを向けていない。自分が彼女を傷つけたとわかっている今でさえ。

以前は、友情がお手のものだった。少なくとも自分ではそう思っていた。友情のために海外のアート・スクワットや警察署や洞窟パーティに行き、父と話もしなかったときに父の家を訪ね、ホームズの部屋で夜通し看病もした。それなのに今は、ぼくのことを不器用ながら求めてくれている友人に対し、どんな言葉をかけたらいいのかわからない。たぶんトムとぼくは、思う以上に近い関係だったのだろう。

まだ自分が自分だったころのぼくなら、なんと言っただろう？　自分が脱いでしまった皮の中にどうやったら戻れるのだろう？

ぼくの何がまずいのだろう？

「なんでもないよ」

ぼくは女の子たちにそう言うと、振り返って扉を開けてやった。それを合図に彼女たちはぼくたちのそばをそそくさと通りすぎようとした。先頭にいた子がぼくとぶつかり、パーティバッグと錠剤の入ったジッパーバッグを落としてしまった。ぼくはかがんでバッグを拾い上げ、薬物入りの小袋のほうは自分の後ろに蹴り飛ばした。彼女は気づかなかったようだ。

ぼくはトムに向き直った。

「なあ、こうしよう。きみはぼくを好きに呼んでいいし、ぼくは不愉快な友人でいるのをやめる。きみに一杯作るよ」

まるで、ばか丸出しだった。

トムが嫌悪感もあらわに顔をしかめる。

「ガールフレンドと話をしろよ」

そう言うなり、彼はぼくを押しのけてパーティに戻っていった。

顔を上げたとき、ぼくはびくっとした。エリザベスがまるで亡霊みたいに通路を進んでくるのが見えた。マフラーをショールのように肩に巻いている。

音楽が大きくなった。だれかの歓声が聞こえ、次いで重い扉が閉まると、ぼくたちは騒音から切り離された。

「ハイ」

エリザベスが言った。無機的な照明の下で立ちつくしている。彼女がずっと泣いていたのは一目瞭然だった。その目はどこか遠くを見ているようにうつろで、ショールのせいで占い師か海の魔女みたいに見える。

「あのね……」

「悪いと思ってる」

ぼくは単刀直入に言った。

「そうね」

「ああ。何もかもが……どうかしてたし、ひどかったし、きみのせいにしたのはまちがってた。もちろん、きみはあのこととまったく関係ない。だけど、ぼくもきみに電子メールを送ったりしてないんだ。妙なことばかり起こってる。一年前のことが繰り返されてるみたいに。そのことをきみには話したくなかったんだ、巻きこみたくないから」

「知ってるわ」

「知ってる?」

この地下通路では、ぼくは知らないことだらけらしい。

「どうして知ってるの?」

エリザベスは顔を上げた。

「だって、あなたからまた別の電子メールが来たから。このパーティで会おうって。でも、トムはあなたを呼んでないって言ってた。あなたが来ないとわかれば、わたしが参加したくなるだろうってトムは考えたの」

「ああ、そうか」

ぼくはまぬけな返事した。ぼくの電子メール。愚かにもまだパスワードを変更していなかった。探偵のふりで忙しかったからだ。ふりをしただけの完全な失態だ。

「モリアーティ一族の仕業なんでしょ？」

エリザベスの声はどことなく震えているようだった。

「わからない……けど、そうだと思う」

「シャーロットに関係してるの？」

「うん」

彼女がマフラーをいっそうきつく巻く。そのまなざしは内側に向けられているようだ。

「わかったわ」

ぼくは待った。一枚一枚ベールがはがれ、彼女の立案した複雑で途方もない計画が明かされるのを待った。ぼくたちは事件に飛びこむ。ぼくたちはヒーローになる。ついにはこの件を完全に終わりにさせる。

だけど、それは別の女の子だ。その子の横にいる別のぼくだ。

エリザベスがゆっくりと言った。

「ということは……もしも犯人がわたしたちをパーティに参加させたがってるなら、わたしたちは今すぐここから逃げ出すべきじゃないの？」

ぼくたちは急いでカーター寮のほうに向かい、パニックを起こす前にどうにかトンネルの出口までたどり着けた。

第十章　シャーロット

ジェイミー・ワトスンと初めて会ったとき、わたしは彼にあまり注意を払わなかった。そのとき、わたしはすでに何ヵ月も水面下ですごしていた。シェリングフォード高校で最初の一年を終えたあとにサセックスで迎えた夏は、耐えがたいほど平穏なものだった。わたしはずっとチョウチンアンコウに関する本を読んでいた。わたしの頭上には知らないうちにいまいましいランタンがぶら下がっていて、それがリー・ドブスンを招き寄せたのだと確信していたからだ。わたしの歯はアンコウ並みに大きいが、危機に瀕した際にうまく使えないことはわかった。

読書は忘我の境地をもたらしてくれるので、常に本を読むよう心がけた。それ以外の時間は、一度もやった経験のない些細なことを無意識に実行していた。たとえば、鳴ってもいないノイズを頭に思い浮かべる。右足の膝だけを皮膚が裂けるまでかきむしる。夕食の席で父が話しているとき、自分が叫び声を上げてしまわないよう立ち上がる。父は老け始めていた。わたしにまったく目を向けなくなった。

あの夏のあいだ、わたしは自分を〝クリーン〟に保っていた。できる範囲でクリーンな状態に。それがもたらした結果は最高とは言えないものの、自分の手持ちの分だけでなんとかやっていた。わたしには自分のために持っておくべき自分自身というものがほとんどないことに気づき始めていた。秋になり、シェリングフォード高校に戻ったとき、中庭でワトスンがわたしの前にあらわれたが、そのときに思ったのは、わたしが与えられないものをほしがる人間がほかにもまだいるのか、ということだけだった。

ワトスンはリー・ドブスンの顔を殴ることで、彼のかなりばかげた友情の提案を実行に移してみせた。もしだれかがドブスンの顔を殴るとすれば、それはこのわたしのはずだった。生まれ持った姓のせいで自分たちをもっと別の重要な存在だと思いこむ半分アメリカ人の男の子ではないはずだった。

わたしは有能な探偵であったためしがない。だが、そうなりたくてたまらない。実際のわたしがどうであるかは別の問題だ。

この数ヵ月間、その問題についてじっくり考えるだけの時間があった。得られた基本的な理論はこのようになる。わたしは時代にかなり遅れて生まれてきた女の子である。どうやって他者を気にかければよいのかわからない。なぜなら、気にかける相手がおらず（飼いネコのマウスは別だが、その割にあの子はわたしの世話をさほど必要としない）、その方面の実地訓練を積んでいないから。もしも多少の苦しみがともなえば、わたしはもの覚えが早い。ワトスンのような相手をわたしの被験者にはしたくない。

地獄への道、善意、云々。

歩道上に落ちている葉やドアに飾られたリースを見たとき、わたしは最初、住所を誤って書き記したのだろうか、と疑った。見た目は明らかに花屋だが、看板には〈すてきなメモリアル〉としか書かれていない。不快なほど曖昧な店名だ。わたしだったら、経営者とその目的から命名するだろう。たとえば〈モリアーティ破壊工作店〉と。明確なほうが顧客にもきっと勝手がいい。

この〈すてきなメモリアル〉は花のアレンジをする。ただし、今は寒いので花は中にしまいこみ店先には出していない。さまざまな額装もする。たとえば店の窓に飾られた家族写真や、奥の壁でスポットライトに照らされている絵画のように。リスク分散のため、それ以外の商売にも手を出しているようだ。というのも現在、〝絵画とワインの午後をすごす会〟を催しているから。集まって絵を描いているのは、学校に通う二名ないし三名の子どもと皿洗いを手伝わない夫を持つ、親切そうな顔つきの四十代女性ばかりだった。

窓辺に見える女性は秘書の職を解雇されたばかりだ。根拠は右手の短い爪、しゃれてはいるが履き古された靴、そして何よりもテーブルの下に置かれた段ボール箱で、そこには三つの写真フレームと、ランプと、ペンで満杯のガラス瓶が入っている。女性は新たな現実に直面する前に逃避先を探しており、心地よさと温もりに包まれながらすてきなブロンドの男性がワインを注いで回っているここは打ってつけの場所というわけだ。

彼女がとても気の毒に思えた。

わたしは心のどこかで、ここに到着したらおそらく銃弾が飛び交い、玄関ドアを通り抜けるのもひと苦労だろうと考えていた。一年前であれば、そうなっていただろう。その事実だけ取ってみてもひどい思いつきだが、それでも女性がどのような絵を仕上げるのかは見てみたかった。今のところ彼女の絵は金メッキされた骨組みにしか見えない。

店の右側には一本の路地がある。路地の存在は衛星写真の地図を調べて把握していた。予想したとおり、配達用トラックはその路地に駐めてある。

わたしは自宅への慣れた近道を通るふりをして、まっすぐ路地に入っていった。トラックの運転席側のドアに達したとき、通りをさっと振り返って人目を確かめ、すばやく車内にすべりこんだ。ドアはロックされていなかった。ロックされていないという事実に一瞬ためらいを覚えたものの、これが罠であるかどうかは大した問題ではない。わたしに与えられた時間はせいぜい三分間。それを最大限に利用するつもりだ。

手袋をはめて仕事に取りかかる。

運転席は無人で、炭酸飲料が半分入ったボトルが置いてあった。指紋が残っているだろう。急いで中身を窓の外に捨て、ボトルを自分のバックパックに入れる。左右のサンバイザーを下ろしてみると、助手席側に配達伝票がクリップでとめてあった。荷物のリストはどうせ偽装だろう。〝危険物〟だとか〝ジェームズ・ワトスン・ジュニアに巧妙かつ決定的な危害を加える品〟と書いてあるはずもない。今は伝票の内容に目もくれず、一番上に書かれた配達先を確認する。そう、やはり〝シェリングフォード高校〟だ。写真に撮ってから伝票を正確にもとの位置に戻しておく。走行距離計とカーラジオのプリセット局も写真に撮った。シートを捜索し、見つけた髪の毛をピンセットでつまんでガラス瓶に回収する。

こうした作業をするとき、ワトスンはいつも息をこらして見つめていた。まるで、わたしの行為すべてに明確な目的があるかのように。だが、そんなことはない。いつも目的が明確だとはかぎらないのだ。数学の問題を解く場合と同じで、わたしは作業の順序にしたがい、発見物に重要度によるランクづけをおこなう。そうすれば、たとえ途中で作業を中断させられても、最も重要な課題は最初に終えている。たとえば、この髪の毛は役に立ちそうにないが、ことによると利用できる可能性が……。

三分間が経過した。頭を傾けて耳を澄ます。何も聞こえない。運転席から軽やかに飛び降り、トラックの後部に回った。

グリーン警部からは捜索をするなと言われた。情報収集のみ、と。それを聞いたとき、安堵を感じた。

だが、トラックの行き先はワトスンのいる高校だ。捜索しないわけにはいかない。

シャッター式の後部ドアはありふれた南京錠でロックされていた。路地にはひと気がないものの、〈すてきなメモリアル〉には複数台の防犯カメラがあってトラックに向けられているにちがいない。その判断の正しさを証明するために、わたしは自分自身の姿でここに来ようと決めた。この決定的瞬間でさえ、カメラにわたしの顔がばっちり映っているはずだ。

頭の中でデマルシェリエ教授の声が聞こえた。

――ばかな子だ。

思わずうなり声がもれた。携帯電話を取り出して天気予報を確認しつつ、空いているほうの手をバックパックに突っこみ、まさにこのような状況のために用意してあるチューイングガムを探した。ガムを引っぱり出し、バックパックを足元に落とす。それから、ガムも落とした。周囲にはこちらを見ている者も手を貸そうという者もいない。必要な条件が満たされている。わざと声に出して不平をもらしながら、トラックのすぐ脇、南京錠から十数センチの地点でしゃがみ、地面にばらまいてしまった私物をかき集め始めた。半分ほど拾い上げたとき、携帯電話を探すという名目でポケットを軽くたたきつつ、背後を見やり、トラックの下を覗きこみ、さらにポケットの中を覗き、そこで南京錠にバックパックを押しつけると、開いている口におおいかぶさる格好になって、バックパックを目隠しに使いながら鍵穴にピンを差し入れ、あっという間に解錠した。

そのタイミングで、やっと見つかったという顔で携帯電話を取り出し、私物をすべてバックパックに入れると、まったくもうと頭を振り、足早に通りを歩きだした。

わたしの仕事の五十パーセントは〝何かのふり〟をすることである。二十パーセントがワトスン言うところの〝マジシャンのトリック〟であり、残りが科学捜査と単なるまぐれである。最後の一パーセントは、どこにでも見つかるスターバックスの店舗とその化粧室に頼っている。

懸念の必要もなく、通りの先に一軒見つかった。女性用化粧室に飛びこむと、服を着替えた。ただし、防弾ベストは脱がないでおく。コートとシャツとズボンをきちんと丸めてバックパックの底に押しこむ。店内は空いていたので、髪の色が明らかに変わったらバリスタに気づかれるかもしれない。そこで、ウィッグをバックパック内の一番上に置いた。

次の死角でウィッグを取り出して装着しよう。防犯カメラの少ないアメリカに感謝だ。わたしの外見の変化過程は映像に残らない。

十分もたたないうちに、わたしはまったく別人の女の子としてトラックの場所に戻っていた。

以前、ワトスンが言っていた。

――ホームズ、時代がちがったら、きみは魔女として火あぶりにされてただろうな。

「やれるものならやってみろ」

わたしは口に出してそう言うと、トラック後部のシャッタードアを上げた。今は荷下ろしをするような格好ではない――ファッション・ビデオブロガーはめったに配達などしない――が、人は手持ちの品で間に合わせねばならない。わたしは荷台に跳び乗り、外から足先しか見えない位置までシャッターを引き下ろした。

携帯電話のライトを点灯させ、周囲をさっと照らす。複数の箱。絵画か、少なくとも額縁を収納する類の箱だ。試しにそばにある箱の中央部、次いで端の部分をつついてみる。確かに額縁とキャンバスだ。貴重な絵画を運搬するにはそれなりの専門的な扱いかたがあるはずだが、食料品店への搬入に使用するタイプのトラックで運ぶところを見ると、この荷物はさほど重要視されていないらしい。

カッターナイフが必要だ。ふくらみつつあるバックパックの底に入っている。コートとピッキング道具とピペットケースと炭酸飲料のボトルと消音装置とビデオブログ用カメラをどかすと、カッターナイフが見つかった。

シャッタードアがいきなり開けられた。

すてきなブロンドの男性はもはやワインボトルを持っていなかった。その手にあるのはボウイ・ナイフ。防弾ベストの着用は誤算だった。

「やあ。ここに配達に来たんだ」

わたしは言った。わたしには根っから嫌なやつの部分がある。

「シャーロット・ホームズ」

ヘイドリアン・モリアーティは不快な目つきでわたしをじろじろ見た。

「なんの用だ？」

「きみの店が気に入ってね」

それは本心だった。まぎらわしくて少し混雑している店だが、入口ドアが半分しか開いていなくてもバラの香りが漂うのがわかった。バラは大好きだ。

こうした状況下では、相手に殺意があるかどうかを考えるより、抽象的に思考するほうがわたしにとって有利に働くことが多い。

ヘイドリアンはとげとげしい口調で言った。

「変装はなしか？　まぬけな小さな眼鏡もないだと？」

「ウィッグは勘定に入れないのか？」

「相棒もなしか？」

「いない。そう仕向けたのはきみじゃないか」

われわれはたがいを見つめた。ヘイドリアンが目をすがめた。彼は荷台の縁に重々しく片足をかけ、もう片方の足も上げて乗りこんできた。わたしはじりじりと後退し、運転席のほうへと箱の横を通りすぎた。

わたしはきいた。

「妹のフィリッパはどこにいる？　本人名義のパスポートを与えられず、いっしょに国を出られなかったのか？　大西洋を越えていいのは男の兄弟だけか？」

「出たな、その生意気な口のききよう。あの女の子はどこに行ってしまったのかと思っていたところだ」

「わたしはきみの妹の件で来たのではない。コネチカットの件で来たんだ」

わたしは単なる直接的暴力以上のものを警戒しているのを自覚した。ヘイドリアンの粗野で飢えた目つきは、リー・ドブスンのような男たちを連想させる。それはセックスを思わせるが、けっしてセックスを意味しない。力と征服を意味し、ヘイドリアンはどちらの力学においても、このところずっと敗者の側にいた。

とはいえ、今のわたしは薬物の影響下にないし、数ヵ月前には右足の膝をかきむしるのをやめたし、たとえわたしの内なるものすべてが叫び声を上げているとしても手にはカッターナイフがあるし、指一本でも触れてきたら彼の両目をえぐるのをためらうことはない。

頭の片隅で、この男がわたしの叔父と愛撫し合っていたのを思い出す。もしもまたレアンダーと会う機会があるのなら、そのことについて話さないと。

「コネチカットか。コネチカットのことなど忘れろ。それより、サセックスの話をしようじゃないか。おまえの母親がレアンダーに薬を飲ませて病院に行かせ、その責任をおれと妹になすりつけようとした件など、どうだ？　よくできた話じゃないか。呪われた姓を持つ兄妹の贋作者が、おまえたち聖なるホームズ一族のひとりに毒を盛る。おまえ好みのはずだ」

「ルシアンがわたしの両親を脅迫していたんだ。彼は〝在宅診療医〟を送りこんできて母に毒を盛った。報復措置は正当な行為だ」

「今でもそうか？　マイロがオーガストを殺害したのもそれか？　正当な行為か？」

わたしはその質問が来るのを待っていた。

「ちがう」

できるだけ冷静な声で答える。

「兄はオーガストのことをきみと見誤った。きみがわたしに危害を加えようとしているのだと勘違いしたんだ」

われわれはたがいから一瞬も目をそらさなかった。

ヘイドリアンの目にほんのかすかだがユーモアが宿った。

「お嬢ちゃん。おまえはミミズでいっぱいの缶を開けてしまったな（厄介なことに首を突っこむの意）」

「そうかもしれない」

トラックの外を足音が通りすぎたので、われわれは口をつぐんだ。しばらくして、わたしはまた口を開いた。

「ここの暮らしは悪くなさそうだな」

「ああ。これならまだましだろう」

彼の妹フィリッパはわたしの叔父に毒を盛った容疑（実際にはかかわっていない数件の犯罪のうちの一件）で自宅に拘禁され、みじめな生活を送っている。弟のオーガストは死亡した。兄のルシアンはホームズ一族を屈服させるべく、今も復讐に意欲を燃やしているという。

それらを考えれば、ブルックリンにある花と額縁の店で働くのは悪い境遇ではない。わたしの態度がやわらいだのを見て、ヘイドリアンが歯を見せて笑う。わたしは肩を怒らせて言った。

「コネチカットだが、なんの価値もない。きみが何を配達しようとしているか、わたしは気にしない。きみが優位に立っているあいだに、それを止めるんだ」

「おれは注文を受けている」

「きみの兄からね。ルシアンはきみにあれこれ指図する」

わたしの言葉が相手に刺さったのが見て取れた。

「きみはすでにこのゲームから逃れたのに、わざわざまた参加したいのか？　兄にパスポートを手配してもらったから、言いなりになるのか？　まさかな。きみはそんな人間ではない。兄の支配から脱するんだ」

ヘイドリアンは顎をこわばらせた。

「おれがだれに恩義を受けているかなど、おまえが言うことではない」

「わたしが言っているのは、何がきみに最大の利益をもたらすか、だ」

「ほう、それはなんだ？」

わたしはヘイドリアンを見つめながら、自分が口にしようとしているはったりの大きさを評価してみた。われわれの過去の経緯にもかかわらず、わたしは彼について詳しく知らず、最後に会ったときからその発言やふるまいに変化があるかどうか、見きわめることができない。唯一わたしが知っているのが、英国で全国放送のトークショーにゲストとして出演したときに美術品やアンティークについて議論していた姿だ。あのときの彼の明晰さは今やすっかり影をひそめている。

ヘイドリアンとフィリッパが高値で売却した贋作絵画の数々は、彼自身の筆によるものだった。彼は今も絵を描いている。爪の中に残っている絵の具を見れば、子どもでも指摘できるだろう。店の窓を通して、奥の壁に油絵が複数枚かかっているのが見えた。シリーズとして描かれたとおぼしき、陰影の深いロマンティックな肖像画だ。『消えた八月《ラスト・オブ・オーガスト》』だと思う。そして『懐中時計を思う』も。兄が情熱を傾けるただひとつのものが芸術だ、とオーガストが言っていた。

わたしはヘイドリアンと握手するために手を差し出した。彼は握り返してきた。わたしの手は彼の手の中にすっぽり隠れた。

「配達しないでくれ」

わたしは言った。彼は無言で見返すだけだ。

「やめるんだ。彼らがきみの絵を展示するかどうかはどうでもいい。そうする価値はないのだから」

ヘイドリアンが手を引っこめた。その瞬間、荷台の箱の中身が何かわかった。

「あそこの生徒たちに見せてもしかたがない」

言葉どおりの意味だ。まさにブタに真珠だろう。ついでに言えば、ほかならぬこの真珠はブタの手によって作られたのだが。

「おまえがここに来るのは、てっきりあのワトスン坊やの仇討ちのためだと思っていた。どうやら、そうではないらしい」

わたしは彼を見た。

ここには小型のリボルバー拳銃を携帯してきている。拳銃の奪い合いになった場合に備えて防弾ベストも着用してきた。自分自身の姿で来たのは、実際に彼を殺そうと決めたとしたらそれはわたし自身の行為であることを、一片の疑いもなくヘイドリアンに知らしめたいからだ。

殺害については何ヵ月も考えてきた。ヘイドリアン、フィリッパ、ルシアンの三人を、まるで自宅の壁に巣くったネズミのごとく駆除しようと。脅威を排除すれば、問題に終止符を打つことができる。わたしの元友人が彼自身の人生――賢明にもわたしとのかかわりを持つ気のない人生――を好きなように生きられるのだ。おそらくわたしは服役するだろう。刑務所はまったく恐ろしくない。ときおり訪れる死の危険以外の退屈な時間に対処する方法を知っているし、いずれは自分が刑務所暮らしになるだろうと常々考えてきた。ひょっとすると服役しない可能性もある。自分の手法に抜かりはないので、すべての罪から逃げおおせるかもしれない。そうしたら正規の学校教育を終え、どこかの研究施設に職を見つけるだろう。化学分野で学位を取るのだ。広く浅くではなく、追究すべき特定のテーマを見つけねばならないが、ある専門に特化することには喜びがあるだろう。わたしは解毒剤に関する知見を深めたくて、毒物とは十分に触れ合ってきた。それから、おそらく……自分の名前を変えると思う。それは象徴的な意思表示であるが、適度な心の鍛錬という効果もあるだろう。ただのシャーロット某には、だれも期待しない。彼女の毎土曜の行動を指図する者は、本人以外にはだれもいない。わたしは頭に思い描いてみた。まずまずの景色が見渡せるアパートの一室。ときには雨や霧やスモッグも見える。もう一度バイオリンで作曲を始めるのもいい。子どものとき以来、メロディを書いていない。作った曲に磨きをかけたら、もちろん演奏する。でも、だれのために……？

　自分のためだ。わたしはわたしのためにバイオリンを奏でる。それこそが、わたしがいつもやってきたこと。もしも孤独を感じたら、ひとりで泣き、そのまま眠ってしまえばいい。

――あなたはあらゆる理性の下に隠れている血を感じる必要があるわね。

グリーン警部はそう言った。ヘイドリアン・モリアーティを見ていても、わたしは怒りを感じない。ひどく疲れていると感じる。

やはり三人を殺そうと思っていないことは、自分でもわかっている。

「ワトスンには手出しをするな。そうすれば、わたしもきみを放っておく」

感心なことに彼は考えをめぐらせ、それから言った。

「嫌だと言ったら？」

「われわれは近々また会うことになるだろう」

そう言うなり、わたしはトラックから飛び降りた。

わたしは感情に動かされる愚か者ではない。彼を許すことは計画にないし、射殺するつもりもない。こちらには配達伝票があり、指紋のついたボトルと髪の毛、カーラジオのプリセット情報、それから七百ドルの防弾ベストが無傷のままある。ヘイドリアン・モリアーティの中に一瞬の不安も認めた。なんと実り多き午後であることか。

店の前を通りすぎるとき、女性たちがみなエッフェル塔を描いているのに気がついた。わたしが注目した女性は、骨組みを背の高いエレガントな構造物に変貌させていた。夜景を描き、塔に明かりをともし、きらきらと輝かせている。

おそらく彼女は解雇されたのではない。パリに旅行するためにみずから仕事を辞めたのだ。証拠はそのように示唆してはいないが、今回は疑わしい点を彼女に有利になるよう解釈しておく。

わたしはパリに行ったことがある。ベルリン、コペンハーゲン、プラハ、ルツェルン、それ以外にも西ヨーロッパのほとんどの都市に、教育の名目で、あるいは犯罪を追い求めて行ったが、見るべき価値のあるすばらしい景色はひとつも見ていない。

考えてみると、つくづく残念なことだ。

地下鉄駅に着いたとき、ふたたび天気予報をチェックした。次いで電子メールの着信も。それから銀行口座の残高を確かめたが、数字を見たとたん思わず悪態が口をついて出た。資金を補充しなければならない。

電話を三件かけ、地下鉄に乗った。神経がすっかりすり減っていた。

これから数時間、有名人のゴシップ・ブログを読んですごす必要がある。

第十一章　ジェイミー

聞こえた叫び声は火事や爆発のときに発するような種類のものではなかった。パニックであるのは確かだけれど——あのパーティ会場の重々しいドアを通してほかに何が聞こえるというのか——何によるパニックかはわからない。わかっているのは、そのあと立て続けに悲鳴など上がっていないということ。

少なくとも、今はまだ。

エリザベスがぼくのほうを見た。青ざめた顔でトンネル通路から出るドアのバーに片手をかけている。ぼくたちは危機を脱したも同然だ。

「さあ、行くんだ。きみはだれにも見られてない」

エリザベスはいつだってぼくより賢い。その指示に異を唱えなかったし、ぼくが残って何をするつもりかを尋ねなかった。ぼくの手を握らなかったし、ひとりだけ行くのを嫌がらなかった。彼女は何も言わずに屋外に飛び出していった。

ぼくはパーティ会場を目指し、トンネル通路を敢然と引き返した。天井の照明が通路の先に影を投げかけ、それが怪物や警官やモリアーティ一族の姿に見えた。

会場のドアに着いたときには、騒がしい声はもう聞こえなくなっていた。なんだかそのほうがいっそう悪い。

パーティには二十人ほどの男女がいて、全員が床の上の何かを取り囲むように群がっていた。だれかが音楽のボリュームを下げたものの完全に止めていないから、音が狂ったように頭上を飛び交って〝ゲット・イット、ゲット・イット、ゲット・イット〟と声がハウリングを起こし、それに合わせてストロボも点滅している。電源コードはドアの近くに見つかった。ぼくは壁のコンセントからコードを勢いよく引き抜いた。

みんなが顔を上げてぼくを見た。

「あいつだ」とだれかが言った。

キトリッジが信じられないといった声で「ワトスンか？」と言う。

「トムが言うには、あいつのノートパソコンがぐちゃぐちゃに……」

床であの女の子が膝を抱えてすわりこみ、ひどく泣いている。

ぼくはきいた。

「何が起きた？　その子は何を摂取した？」

ざわざわとささやく声。見交わされる視線。ようやく立ち上がったのはランドールだ。

その目は険しかった。

「どういう意味だ、〝摂取〟って？　おまえ、この子に何を与えた？」

前にも同じ場面を経験した感覚。どんな結末に行き着くかもわかる。

「その子は錠剤を持ってきてた。ジッパーバッグに入れてたのをぼくは見てる。外の通路でそれを落としたんだ。ぼくはわざと拾わなかった。その子には覚醒剤なんか絶対にやってほしくなかったから。それが経緯だ。その子は具合が悪いのか？　医者を呼んだほうがいいか？」

ランドールはいかにもラグビー選手らしく肩を怒らせ、身体を大きく見せた。ぼくが得意だったためしのない動作だ。

「ポーカー用の金を盗られたんだ。彼女は千ドル持ってきてた」

「千ドル？」

ゲームの参加費はたいてい二百ドルで、それでもぼくには高すぎる。千ドルといえば車が一台買える額だ。おんぼろかもしれないけれど、買えるのはまちがいない。

「それが新しい賭け金か？　みんな頭がどうかしてるよ」

「んなわけないだろ。アナは友だちの分も出そうとしてたんだ。そういうやさしい子だからな。で、だれかがバッグから盗んだ。通路でバッグを拾ったのはおまえだろ」

ことわざが善意と地獄への道についてどんなふうに言っていようが……。

「そういうきみたちはもうみんなポケットの中身を出したんだろうな？」

「おれたちはみんなやった。おまえだけやってない。やれよ」

キトリッジがそのアナという子の背中をさすりながら答えた。

ぼくはズボンのポケットを裏返してみせ、次いでジャケットのポケットも引っぱり出した。蹴飛ばすように靴を脱ぎ、逆さに振った。身に着けていたものはひとつ残らず床に放り出した。ほぼ空っぽの財布と携帯電話しかないけれど。

アナが顔を上げて言った。

「あの人、トムが中に戻ってきたあとも外の通路にいたわ。どこかに隠したのかもしれない」

「トム、きみはその場にいたよな。ぼくが金を盗むところを見たか？」

トムは床に目を落としたまま何も言おうとしない。そうか、ぼくはいい友だちじゃないってわけか。先ほどと立場が逆転しても、うれしくもなんともなかった。ぼくはアナにきいた。

「その千ドルは本当にあったのか？　きみの友だちはそれを見てる？」

アナの友人たちが顔を見合わせる。

「わたし、見たわ」

ブルネットの子が答えたけれど、その声には疑わしい響きがあった。

アナが言った。

「わたし、警察を呼ぶ。ひどいわ、こんなの。もうだれも信じられない」

「まあ待てよ。おれたちで片をつけよう、警察なんか呼ばないで」

キトリッジがなだめると、ランドールも同調した。

「停学はごめんだからな。ここで警察にパクられたら、おれたち全員がそうなるぞ」

キトリッジがぼくにとげとげしい視線を向ける。

「金をどこに隠したんだ、ジェイミー。おれたちだけには話せ。そしたら、なかったことにしてやるよ。地下には部屋がごまんとあるから……」

「架空の金だ。だれも見てない金。ぼくが盗ったとそっちが勝手に決めつけた金さ。ぼくを見下すような態度はよせ、キトリッジ」

沈黙が下りたとき、トムが言った。

「きみのほうこそ見下してるように見えるけどな」

アナが電話をかけ始めた。

「もしもし？　盗難があったんで通報したんですが……」

ランドールがキトリッジを見やり、キトリッジがトムに目を向け、トムはアナといっしょに来た女の子たちを見た。だれもがこの場から立ち去る許可を待っている。

「いいから行って」

部屋の隅からそう告げたのはリーナだった。会場で彼女の姿を初めて見た。壁に並んだ自転車の列の横で、折りたたみ椅子にひっそりとすわっている。パーティのときにいつもかぶる奇妙なシルクハットを頭にのせているけれど、今夜はそのせいで悲しいピエロみたいに見えた。

「わたしは残る。ジェイミーが盗んだってみんながそんなにまで言うんなら、彼もここで警察を待つ」

ほかの生徒たちがドアから続々と出ていく。アナが911のオペレーターに話し続けている。

「シェリングフォード高校です。カーター寮。わたしたちは地下にいます。ええ、トンネル通路ですけど、どうして知ってるんですか……」

彼女はそのまま集団とともに通路に出ていった。たぶん、ぼくの顔を見続けずにすむからだろう。

リーナが椅子の背にもたれた。

「楽しいパーティだこと」

「みんな速攻でぼくだって決めつけたな」

「あなた、最近、なんていうか、とっても愉快だし、いっしょにいてすごく楽しいからじゃない？」

「ありがたいお言葉をどうも」

「お安いご用」

ここはパーティにもってこいの空間だ。無機質で風変わりで、すべてが金属と自転車の車輪からなっている。隅に放置されたままの壊れた四輪バギーのそばに用意されたポーカーゲームの台では、カードの小さな山が崩れて床に散らばっていた。ぼくの横にはリーナのシャンプー・ウォッカがボトルの色にしたがってきれいに並べてある。捨ててしまおうと思い、ぼくはボトルをテーブルからつかみ始めた。

「だめ。きっと警察が証拠品としてほしがるから」

「きみは本当は停学処分になりたいんじゃないか？」

リーナは肩をすくめた。

「わたしは停学にならないの」

「家族が大口の寄付をしてるからな」

「ご明察。でも、そう。人でも殺さないかぎり大丈夫だと思う」

通路でアナがだれかと話しており、声が断片的に聞こえる。この部屋がぼくたちの監房で、アナが看守みたいだ。

ぼくは思いきってリーナに打ち明けることにした。

「エリザベスが電子メールでここに呼び出された。発信者のアカウントは、ぼくのものだった。でも、ぼくは送ってない。通路から戻らなかったのは、エリザベスとそのことを話してたからだよ。これは計画されたものだ。こうなるように画策されたか、それに近いことがおこなわれた」

リーナが椅子の背もたれから起き上がった。

「あなたのノートパソコンのこと、トムから聞いてる」

ぼくは眉をひそめた。炭酸飲料の爆発の件をトムにはまだ話していない。たぶんエリザベスが話したのだろう。

「あの女の子は錠剤の入った小袋を持ってた。星とか月の形をした鮮やかな色の錠剤だった。千ドルの金はすごく曖昧な話だから、彼女は本当は薬物を利用してぼくを死刑台に送るつもりだったんじゃないかと思う。ところが薬物が見つからないもんだから、別の手段を考えるはめになったんだ」

「よくわかんないよ、ジェイミー」

外にいるアナの声が聞こえなくなっていた。

「ちょっと待って」

ぼくはドアを開けて通路に顔を出した。

「ききたいことがあるから、中に入ってくれないか？」

アナの姿を初めてちゃんと見た。明るい色のドレス、首にはチョーカー、髪は光沢のあるブロンドでロングのストレート、その顔つきは、ぼくと一秒でも話すくらいなら箱いっぱいのサソリを食べたほうがましだと告げている。

「いやよ」と彼女は言った。

「それならそれでいい。ここでも話せるから」

彼女はかすかに震えていた。彼女を怖がらせる気など毛頭なかったけれど、怖がる順番がぼく以外のだれかに移ってうれしいと思う気持ちがないといえば嘘になる。

「きみはいつからルシアン・モリアーティに金をもらうようになった？」

アナが顎をこわばらせた。

「あなた、頭がおかしいわ」

「それじゃ質問を変えよう。ぼくの人生を破滅させるためにだれかから、だれでもいいから、そいつから金をもらうようになってどれぐらいになる？」

リーナが近づいてくる気配を背中に感じた。彼女がささやく。

「ジェイミー」

ぼくはくるっと振り向き、リーナを見た。

「彼女はぼくの目の前でバッグを落としたんだ。わざとね。目撃者のいるところで。きみは本当にこの子を知らないんだよね？　このパーティは招待客オンリーだと思ってたけど、彼女の友だちのことは知ってるの？　あの子たちと前に会ったことがある？」

「ひとりも知らない」

驚いたことにリーナの声は怒気を含んでいた。ぼくの反対側ではアナがじりじりと後退している。まるでぼくが銃を引き抜いたみたいに。

「でも、知らずに来た一年生をみんなの前で追い返す気はないわ。ジェイミー、あなたはたぶん……もう帰るべきよ。こんなことを持ちこんだのはあなたでしょ？　あなたに何かごたごたが起きてて、このパーティに来て、それで……」

「ぼくは英文学の宿題をやらなきゃいけなかったんだ。なのにきみが教えてくれなかったから。きみに事情を話せばよかったんだろうけど、ばかげた話に聞こえないようにするにはどう言えばよかったんだ？　『ぼくの身にいろいろひどいことが起きてるけど、連中の根拠は嘘ばっかりだよ』とか？　『最近のぼくが扱いにくい嫌なやつに思えるとしても、本当はちがうんだ』とか？」

　意外にも彼女は返答した。

「こう言うのは？　『なあ、みんな、ぼくにはPTSDがあると思う』とか、『なあ、みんな、ぼくの身に災厄が降りかかってるのは絶対に嘘じゃないよ、だって前に起きたときにきみたちも事実だとわかっただろ』って。たぶん、わたしたちもあなたに手を貸すことができたはずよ」

「わたしたちって？　きみとトムか？　いったい何ができた？　ぼくはきみをこの件に巻きこみたくなかった。で、トム？　本気か？　いつからあいつはぼくの厄介ごとにかかわる気になってる？」

「わたしにはその気があるわ！　わたしはプラハにいたんだよ、ジェイミー。ベルリンにもいた。あなたがストレッチャーで運ばれていくのも見た。あの贋作の絵だって、わたしが全部買ったじゃない！」

　リーナが突き飛ばしてきたので、ぼくはショックを受けた。けっして強い力ではない。危害を加える意図はなかった。けれど、ぼくは後ろ向きによろめいて通路に出た。

「わたしにも何かできた。あなたにセラピーを受けさせるとか。トムはセラピーに行ってるのよ！　トムだってあなたと話をすることができたのに！　でも、あなたときたら自分を偽って……ほんと、身勝手よ。彼女がいなくて寂しいのは自分だけだって思ってる」

「これはそういう話じゃ……」

「これがシャーロットと関係ないふりなんかしないでよ！」

「きみには関係ないだろ、リーナ。彼女はぼくの親友だったのに！」

ぼくを見つめるリーナの目つきは暗く、怒りをたたえていた。

「彼女はわたしの親友よ」

「ぼくはそんなこと……リーナ、ぼくは雷に打たれるような瞬間をひと晩に何度も許容できないんだよ」

アナが咳払いをした。

「ねえ、あなたたちの話は文字どおりひと言も理解できないんだけど」

リーナが奇妙なシルクハットを脱いで脇に抱えこむと、これで見せ物は終わりとでも言うように埃を払った。

「ジェイミー、あなたは友だちがほしくないんだよ、わかってる？　みじめでちっちゃいシャボン玉の中に入って、ひとりで浮かんでいたいだけ。いろんなとこで、ぼくは不幸だ、ひとりぼっちだ、って言いながらね。そんなの自分を相手にやっててよ！　わたしはそのルシアンってやつがどんなやつかわかってる。あの場にいたんだから。だから、わたしたちはきっとあなたのことを信じたのに」

もうすぐ警察が来るだろう。待ち受けているのは事情聴取、手錠、取調室、学生部長からの質問、そしてぼくのことを盗みで奨学金の資格を失って人を殺して女の子の喉に宝石をつめこんだ息子だと思っている両親からの電話。この一年は猛然と加速したから、その手のことはすべて過去に置き去りにしてきたと思っていた。なのに今になって、突然ぼくのギアはバックに入れられてしまった。

いいだろう。わかった。ならば言おう……ぼくは彼女がいないのを寂しく思っている。ああ、本当にそばにいてほしいと思う。特に今は。

「そうさ」

ぼくはリーナに言った。彼女は正しい。すべてにおいて正しい。ぼくはほかの友人などほしくないのだろう。たぶん、シャーロットのほかにはだれも必要じゃない。毒にやられたら、毒以外のものでは治すことはできない。彼女を恋しく思うことは病的で、哀れで、自分を愚かにする。あまりの自己嫌悪のせいで今もリーナの顔をまともに見られない。

「そうだよ、前のときだってまったく同じことが起きたんだ」

警察がうんざりした様子で到着し、すぐにアナを事情聴取に連れていった。どういうわけかリーナが、救急車がどうとか言いながら、彼らのあとについていった。制服警官がふたり来たけれど、ひとりが残ってぼくをにらみつけている。その隣には懐かしい友人であるシェパード刑事が立ち、この学校にまた戻ってくるくらいならハチの巣を丸飲みしたほうがましだといった顔をしていた。彼は今では正しい手順を心得ている。父の同席なしには質問しようともせず、ぼくをほったらかしたまま現場を調べている。制服警官が壁のフックから誤って自転車を落としてしまい、落ちた自転車は並んでいる自転車を次々にゆっくりと倒していった。サイがスローモーションでおこなうドミノ倒しのようで、だれにも止められない。そこへパジャマの上にガウンをはおって派手なスニーカーを履いた学生部長が来た。その後ろから顔を見せたぼくの父は目を輝かせ、相変わらず恐ろしいほど意気揚々としていた。おとなたちが集まって協議したあと、ぼくたちは高台に立つ時計塔の中にある校長の執務室まで行進していった。雪解けのぬかるみを歩いたぼくたちは、入口に敷かれたペイズリー織りのカーペットに泥の足跡をつけた。

全員でその場で足踏みして靴の雪を落としているとき、シェパード刑事が言った。

「先ほども言ったとおり、彼の取り調べは署でおこないたいのだが」

女性の学生部長が首を横に振る。

「警察はすでに女子生徒をひとり連れていきましたよね。あなたがミスター・ワトスンの身柄も隠してしまう前にわたしが到着できてよかった」

「けっしてそういうやりかたでは……」

「わたしはベッドからたたき起こされたんです」

学生部長の声は暗かった。

「ドブスンのことがあったので、昨年から学校はこういう……状況に対処する新たな手順を決めてきたんです。その〝新たな手順〟によって、わたしは平日深夜に家から引っぱり出され、そしてこのとおり、われわれの手で対処してるんです。あの女子生徒が警察に通報した理由がわからないわ。これは学校内の問題なんです」

おとなたちが口論しながら階段を上り始めたとき、ぼくの父だけがあとに残った。ポットいっぱいのコーヒーを飲み干してトライアスロンを終えたばかりのように活気にあふれて見える。そんな父に、ぼくは少しいらついた。たぶん、あちこち歩き回ることに不満がつのっているのだろう。

父が声をかけてきた。

「たぶん、おまえに頼まれたときに車で迎えに来ておけばよかったな」

「たぶんね」

ぼくは手袋をはずし、それをポケットに突っこんだ。時計塔の建物内は驚くほど暖かい。

父が片方の眉を上げてぼくを見る。

「『父さん、どうしてもっと真剣に受け取ってくれないの?』とか『父さん、どうしてうちの名字をののしって、不運を嘆き悲しまないの?』とか言わないのか?」

「正直に言っていいかな? ぼくはこのところずっと……最低の気分なんだ。父さんに指図するつもりはないよ。ただ好きにやって、いつものへんてこな父さんでいてほしい」

「そいつはありがたい」

父は皮肉っぽく言った。

「だが、あの刑事はおまえのはらわたをえぐり出そうとしてるみたいだぞ」

シェパードは階段の踊り場で立ち止まり、ぼくたちをじっと見下ろしている。

「だから、今から銃殺隊の前に進み出ても、おれたちはへんてこなおれたちのままでいようじゃないか。おまえにその気があるなら、思いきり泣いてみろ。連中も理解を示すかもしれん」

校長の執務室は塔の最上階にあり、どやどやと中に入ったぼくたちは着席の合図を待った。わが校の女性校長は、疲れきったおとなの集団の中で堂々たる存在感を示していた。清潔感にあふれたスーツ姿でデスクの角に腰かけ、そのあいだにアシスタントが陶製カップにコーヒーを注いでいく。

「ウィリアムスン校長」

父がそう言って手を差し出した。

「わたしはジェームズ・ワトスン……ジェイミーの父親です。初めまして。もっといい状況でお会いできればよかったんですが」

「そうですね」

校長は短く応じた。彼女は去年もこの高校の校長だった。ぼくに関する話し合いをする場合、実際に彼女にどれだけ〝もっといい状況〟が訪れるだろうか。

「みなさん、おすわりになって。ハリー、コーヒーをお出ししてちょうだい。それから電話の対応をお願いね。今夜のうちに何本もかかってくるでしょうから」

ぼくは校長の小さなソファにすわりながらきいた。

「警察が現金を捜索中なら、何か新しい情報は？　何が起きたかわかったんですか？」

校長とシェパード刑事が視線を交わし、刑事が答えた。

「まもなくわかるだろう」

学生部長が「ジェイミー」と言って、バッグからｉＰａｄを取り出した。バッグにガラガラが入っているのが見えた。家に小さな子どもを置いてきているのだ。

「あなたの記録を見たわ。昨年度も警察沙汰があった。にもかかわらず……」

「この子の嫌疑は晴れてる」

父が彼女をさえぎるように言った。

「その件は解決ずみなんだ。ここにいる優秀な刑事さんのおかげでね」

優秀な刑事は憮然として天井を仰いだだけで何も言わなかった。何度となく考えたことだけど、ブライオニー・ダウンズを確保するとき、本当は彼の手を借りたほうがよかったのではないだろうか。事実を二日後に知らせるようなまねをせずに。

学生部長が眼鏡の上から画面を見ながら言葉を続けた。

「にもかかわらず、なかなかの成績をおさめてるわ。AP科目は特に優秀だった。問題はこの数日間よ。あなたを担当してる先生がたの今週の評価ノートを見たけど、それによると物理学の学習発表がひどくて、あなたの学期評価の半分程度の結果だった。途中で急に脱線して、軌道エレベーターの話を三分もしたと書いてあるわ」

「軌道エレベーター？」

ぼくは学習発表のときの記憶をたぐり寄せ、何ひとつ覚えていないのを発見した。

「ひどいな」

「そうね。それから、きのうは授業をサボったわね。課題をひとつも提出していない。A

P英文学の感想文は期限だったたし、AP数学の小テストも受けそこなった。フランス語のムッシュー・カンが、カタツムリを食べることについてあなたから変なメールが届いたとおっしゃってるわ。まるで翻訳アプリに何回か通したような文章ですって。先生は〝規律〟の項目に遺憾の意を記していて、それから、あなたがベジタリアンかどうか、それで先週のフランスの珍味に関する授業で感情を害したのかを、知りたがってるわ。以上の件で何かひとつでも心当たりはあるかしら？」

父が温かい手をぼくの肩にのせてきた。

「カタツムリを食うなんてまったく野蛮だよな、ジェイミー」

電子メールのパスワードを本当に確実に変更しておくべきだった。ぼくはどこまでばかなんだ。どうして考えばかりめぐらせ、実際に自分でできる措置を講じてこなかった？

「確かに突飛な行動と言えますね」

校長の口調は、ぼくが覚悟していたものよりずっと穏やかだった。

「そして、今度は女子生徒が盗難にあった。あなたは以前にその生徒とのつき合いはありましたか？」

ぼくは首を横に振った。校長が続ける。

「アナはリーナ・グプタの主催するパーティに参加していました。リーナ・グプタはあなたのお友だちですね」

　そこでシェパード刑事が「共犯の過去あり」とかなんとかつぶやいた。

　ぼくは両手に顔をうずめ、指のあいだから答えた。

「そのアナという子は、この前ぼくたちの昼食のテーブルに加わりましたが、ぼくは話もしてません。電子メールも送ってないんです。何者かがぼくの部屋に忍びこんで物理学の発表原稿を削除したので、ぼくは原稿を作り直すためにひと晩中起きていて、あまり眠ってないから、そう、軌道エレベーターがすごくすばらしいものに思えて、その点は完全にぼくの失敗……というか潜在意識による失敗で、もしくは睡眠不足による幻覚を見てたみたいで、でも、次の日もぼくが昼寝をしてるあいだに何者かが部屋に押し入り、ノートパソコンに不正侵入して……」

「おれはそんな話を聞いてないぞ」

　父の言葉を無視して続ける。

「……侵入者は部屋中にダイエット・コークをまき散らし、ノートパソコンの中もびしょ濡れにし、ガールフレンドはぼくを嫌いになり、リーナはぼくがトムのパーティに行くまでAP英文学の宿題を教えようとせず、ぼくはすっかり疲れてしまって、今日が何曜日かもわからなくて、はっきり言って、これらはみんなルシアン・モリアーティが裏で糸を引いているとわかってるんです。全部やつのせいなんです」

学生部長と刑事と校長がじっと見返してくる。学生部長が言った。

「そのモリアーティという名前の男があなたの宿題を台なしにしたってこと？ 言うなれば、だけど」

シェパード刑事が咳払いをしてから告げた。

「まったくありえない話ではない」

今度は校長が口を開いた。

「それであなたは無許可のパーティに、それも平日の夜に参加して、そこで女子生徒があなたに千ドルを盗まれたと主張しています。はっきりさせておきますが、わたしたちがここに集まっているのはそれが理由ですよ。ふつうだったら、わたしは軌道エレベーターのために真夜中に緊急会議を招集しませんから」

「まったくありえない話ではない」

シェパード刑事は同じ言葉を繰り返さねばならないことに精神的苦痛を感じているようだった。

「軌道エレベーターが？」と父が聞き返した。

「黒幕がモリアーティ、という点だ」

「ほら！」

ぼくはそう叫んでシェパード刑事を指さした。

「あなたは一年前の事件のときにその場にいた。覚えてますよね」

「頼むから、だれかシャーロット・ホームズをここに連れてきてくれないか。彼女はどこにいるんだ？　何かが爆発するか、だれかに危害が加えられたとき、たいていきみたちふたりは近くに身をひそめ、たがいの感情について語り合ってるのに」

学生部長の電話が鳴った。〝鳴った〟というよりアヒルが鳴いたみたいだった。

「ベビーシッターからだわ。この会合はあとどれぐらいかかります？」

校長がそれを無視して告げた。

「ミス・ホームズは今年度、学校に戻りませんでした。本件はミスター・ワトスンひとりに関するものです」

校長のアシスタントが半開きのドアをノックした。

「ウィリアムスン校長。校内記念館の館長からお電話です。それから、リーナ・グプタという生徒が面会に来ていますが……」

校長がため息をついた。

「ええ、当然来るでしょうね。通してちょうだい」

毛のふわふわしたコートを着たリーナが颯爽と執務室に入ってきた。彼女は幾重にも巻いたマフラーをほどきながら話した。

「アナは大丈夫です。わたしの話が信用できないなら、直接電話して確かめてください。あの子が言うには、カフェテリアでベケット・レキシントンから覚醒剤ピルを買ったそうです。まずサンプルを渡され、今夜残りをトンネル通路で受け取ることになっていたと言ってます。千ドルはそのためのお金です」

そこでリーナは顔をしかめた。

「とにかく、あれから外に出てすぐ、わたしは警察の人に救急車を呼んでもらいました。あの子のことが本当に心配だったんです。わたしにもコーヒーをいただけますか？」

爆弾が落とされたみたいに執務室が騒然とした。

学生部長がウィリアムスン校長を振り向く。

「この件は薬物がらみなんですか？　わたしはてっきりお金の盗難かと……」

父がぼくの顔をまじまじと見た。

「おまえもE（エクスタシー）にかかわってるのか？」

校長がうんざりした様子で両手をあげた。

「みなさん、どうかお静かに。リーナ、あなたはわかっていますか？　ここで話し合われているのは、お友だちがどんな薬物を使用しているかではなく、彼女がお金を盗まれたことだと」

リーナは天才だ。まったくもって頭がいい。彼女が創作したこの大混乱に片がつくころには、金が本当になくなったのか最初から存在しないのかが確定されているだろうし、一年生の女の子は薬物問題で治療を受けるか、少なくとも厳しい小言を食らうだろう。その一方で、警察がシェリングフォード高校の密売人を追っているあいだに、ぼくたちはみずからの手で事態を解明する機会を持てるかもしれない。

その手始めは、アナがだれの手先であるか、だ。

リーナが眉をひそめた。

「校長先生たちは盗難のことであの子から話を聞く必要が本当にあるんですか？　わたしにはわかりません。彼女はEのことばかり話してました。あれ、MDMAだっけ？　わたしにはその区別が全然つかなくって」

リーナはそこで短い間をおいた。

「両方ともやってるかも。ジェイミー、あなたは薬物検査を受けるんでしょ？　だって、わたしたちは薬物なんかやってないんだから」

ぼくはEなどやっていない。ほかの薬物もいっさい。ついでに言うと、ヨーロッパではたまに酒を飲んだけれど、向こうでは合法だ。仮に覚醒剤やマリファナにいくらか興味を引かれたとしても、ぼくと警察のあいだには長い因縁があって、それが公に知られているから、そこに新しい章を加えたいなんて気持ちはこれっぽっちもない。

「喜んで薬物検査を受けます」

ぼくは申し出た。それなら、まちがいなくパスできる。

父の携帯電話が鳴った。父はそれを無視した。

シェパード刑事が手帳を取り出し、ぼくに質問した。

「パーティにはだれがいた？　名前をひとり残らず知りたい」

そこで校長のアシスタントが口をはさんだ。

「ウィリアムスン校長、館長がお話ししたいということで、今こちらに向かっているところだそうです」

校長はため息をもらすと、渋々といった顔で電話に出るために執務室を出ていった。

学生部長がリーナに向く。

「そのパーティだけど、だれがいたの？」

リーナはその質問に本気で驚いたような表情をした。

「絶対に教えないわ」

「言わないつもり?」

「だって自殺行為ですから」

きっぱりと言うリーナに父がコーヒーの入ったカップを手渡した。

「わたしは今、アナのことを告げ口したばかりで、それだけでもわたしの株が急落するんですよ。それに、もうすぐ卒業だから、言ってもなんの得にもならないし。ミルクをもらえます?」

長い沈黙が下りた。そこへ校長が戻ってきて、手帳を開いたままペンを動かさずにいるシェパードの様子をいぶかしんだ。

「リーナの証言を書きとめないのですか?」

「親が同席していない場合、聴取できないものでね。お忘れですか? あなたの決めた方針ですよ」

父がぼくにささやいた。

「みんな、いらついてると思わんか? たぶんカフェインのせいだな」

「話さないなら、学校としてはあなたの停学処分も考えないといけないわ」

学生部長がそう言ってリーナを脅した。

「さあ、パーティの参加者を言いなさい。刑事さんにではなく、わたしたちに」

リーナが言い返す。

「シェパード刑事はジェイミーから話を聞けるじゃないですか。ここにお父さんがいるから。お砂糖はありませんか?」

ぼくの父がリーナにシュガーを手渡した。父の携帯電話でまた着信音が鳴った。今度も父は気にとめない。

学生部長が「電話に出ないのですか?」ときいた。

校長がふたたび手をあげる。

「みなさん、どうか。……ジェイミー、パーティにはだれがいたのかしら?」

「ぼくには言えません。自殺行為ですから」

もしもぼくがこの部屋にいる人たちごと建物を焼き払おうとしても、だれも止めないと思う。どっちみち、ぼくたちはもう地獄にいるのだから。

校長がリーナに顔を向けたとき、リーナが機先を制して言った。

「うちのパパが新しい寮を寄付しようかと話してました。今までに寄付した三つの寮も学校は大歓迎でしたよね」

「問題はパーティじゃありません!」

ぼくは声を荒らげた。

「問題はルシアン・モリアーティなんです！　さっきから指摘してるのに。あなたたちには権限があるんでしょ？　こんなドタバタはさっさと終わらせて先に進みませんか？」

ウィリアムスン校長が腕組みした。

「みなさん。お願いだから、静かに。わたしはひどく疲れてしまいました。ジェイミー、もうじき記念館の館長があるものを運んできますが、それはあなたの立場をいっそう面倒にするでしょうね」

「これ以上の面倒？　そんなことありえます？」

「ですから、いい加減そのモリなんとかの話をやめて、わたしたちに協力したほうがいいですよ」

ドアからハリーが顔を覗かせた。

「校長先生、館長がいらっしゃいました。助手のかたがたもいっしょです」

学生部長の電話が鳴り、彼女が大声で言った。

「もう真夜中ですよ。わたしはシングルマザーで、子どもが四人いて、今も隣人に見てもらってるんです。ぐっすり眠っているところをわたしが起こした隣人に。生徒たちがトンネル通路でまた騒いだからといって、あと何人の人をたたき起こさないといけないんですか？　パーティなど驚くべきことですか？　リーナ、今回あなたが買収して暗証番号を聞き出した管理人はだれなの？」

リーナは答えようと口を開きかけたところで思い直し、口を閉じた。

シェパード刑事が険しい声で言う。

「われわれにはみな子どもがいて、責任がある。女子生徒が金を盗まれ……」

学生部長が刑事と校長のあいだに進み出て、シェパードを物理的に遮断した。

「校長、結局何が問題なのですか？　この男子生徒は三年生の春に多少ノイローゼ気味になったかもしれません。だからといって、この子が泥棒ということにも、ドラッギストということにもなりませんよ」

そこで父が口をはさんだ。

「〝麻薬中毒者《ドラッギー》〟ですか？　〝ドラッギスト〟は薬剤師を意味する語ですな。それとも、〝ディーラー〟と言いたかったんですか？」

そこで父は口をつぐんだ。ぼくが父の腕を強くつかんだからだ。

「〝密売人《ディーラー》〟と言いたかったんです、ええ。もう十分です。これで終わりにして家に帰りませんか？」

「あと少しです。ビルを通してちょうだい」

校長がそう言って、ドアを開けて押さえているハリーに合図した。

記念館館長のビルは困り果てた顔をした白髪の男で、連れてきた二名の助手は校長のアシスタントのハリーと二卵性双生児みたいに見えた。助手たちは大きな額入りの肖像画を二枚運び入れてきたけれど、その扱いかたはびっくりするほどぞんざいだった。ひとりなどは額縁をドア枠にぶつけ、悪態をついてから部屋に入ってきた。

校長はその様子を見ても驚きをあらわさずに言った。

「それがシェリングフォード高校創立百周年を記念して発注した肖像画ですね？　ブレイクリー名誉校長のお顔をそのように乱暴に扱うところを見ると、公開できないほどひどい状態なのでしょうね」

ブロンドの髪のアシスタントが何度もまばたきをした。

「わたし、眼鏡を置き忘れたんです。仕事中はコンタクトレンズをつけてますが、記念館に眼鏡を置いてありまして、夜遅くになって目が疲れ、それで眼鏡を取りに戻った隙に、だれかがこんないたずらを……」

館長のビルが濃い眉毛を上げた。

「多少混乱しておりますが、要はそういうことなのです。配送されたのは今日の午後、ニューヨークからでした。美術品の専門業者が来るとばかり思っていたのですが、トラックに無造作に積まれてきたのです。わたしはそのとき包みを解きませんでした。夜になってここにいるわたしの助手が来て、包装がびりびりに破かれているのを発見したのです。まるでアライグマでも侵入したかと思うほどで。そして、肖像画がこのようになっていました。校長先生にごらんいただこうと持ってきたのは一番ひどい、というか被害のわかりやすいものです。これではもう丁寧に扱う必要はないかと思いまして」

助手のひとりが持っている絵を裏返した。ジョアン・ウィリアムスン校長の肖像画だ。大きくて威厳があり、顔と首に美しい陰影がほどこされ、両袖にはシェリングフォード高校の道徳規律が書かれている。ロマンティックで、どこか哀愁が感じられ、なかなかの雰囲気がある。ちょうどベルリンでぼくたちが追跡したランゲンベルクの贋作みたいだ。

ただし、目の部分の絵の具がこそぎ取られ、そこにショッキングピンクのスプレー塗料で〝ワトスンここの参上〟と書かれている。

「お手洗いに行かなきゃ」

リーナがそう言うなり執務室を飛び出していった。

ぼくの口からは言葉が飛び出していた。

「冗談だろ？　冗談だよね？　こんなの冗談に決まってるよね？」

父が少し心配そうな声で「ジェイミー」と言った。

「〝ここの参上〟って書いてある！　〝ここに〟じゃなくて〝ここの〟！　ぼくはAP英文

学の授業を取ってるんだよ！　ぼくは本を読んでる！　ものすごくたくさん読んでるんだ！　トルストイやフォークナーを読んでる。なのに……〝ここの〟？」

シェパード刑事が唇を嚙んでからきいた。

「きみは記念館の近くに行かなかったか？　今日はどうだ？」

手帳の上でペンが忙しく動いている。

「この学校に記念館があることも知りませんでしたよ！」

ぼくの声は金切り声になっていた。

「なんで学校に記念館があるんですか！」

館長のビルが困惑顔を向けてきた。

「ふだんは学校の歴史に関する展示をローテーションでおこなっている。今回、創立百周年ということで……」

「そういうことか」

ぼくは理解した。ぼくは茶番劇の中にいるのだ。もうじきゴム製のチキンとナイフを手に持たされ、ダンスを踊るように言われるだろう。

「もし今からぼくの部屋に行ったら、きっと何者かが残していったショッキングピンクのスプレー缶が五十三本見つかるんだ。しかも、〝てにをは〟のページを開いた文法書が置いてある。でも、そんなことはどうでもいい。ぼくはやってない！　こんないたずらは何ひとつ。明らかにはめられたんだ。ピンクのスプレー塗料だって？　それもショッキングピンク？　なんの冗談なんだ……」

入口ドアからハリーの顔がふたたび覗いた。

「ウィリアムスン校長、お電話です。〈すてきなメモリアル〉という店からですが、まったく今何時だと思っているんでしょう」

反応したのはビルだった。

「肖像画の画家はその店を通じて手配しました。額装を依頼したときにプロジェクトの話が出て、肖像画ならジョーンズ氏の腕がいいと推薦されたのです。それもたいへん手ごろな料金で」

「ここにつないでちょうだい」

校長はハリーに命じ、デスクを回って受話器をつかんだ。

「もしもし？　はい……ええ、きわめて異例ですわね。深夜にですか？　そんな……まさか。なるほど」

そこで眉をひそめ、何かを走り書きした。

「はい……はい。恐縮です。わざわざありがとうございました」

校長が電話を切ると同時に、学生部長が「それで？」ときいた。

ため息をひとつついてから校長が答える。

「どうやら〈すてきなメモリアル〉が、自分の店の従業員が出荷する配送品をわざと破壊しているとわかって、そのことでうちに注意をうながしたいということでした。その従業員は辞めさせられて、この肖像画の破損はおそらくそれに対する仕返しなのでしょう。その者の名前はフランク・ワトスン。店にも落書きをしたそうです。ということで、この件は人違いのようですね」

シェパード刑事がぼくに鋭い視線を向けてきた。できるだけ当たりさわりのない笑みを返しておいたものの、ぼくはウィリアムスン校長が電話に応答したときから鼓動が激しくなるのを感じていた。

「店のオーナーは事態に気づいて、うちに送った荷物にも同じ被害があるのではと疑い、留守番電話にメッセージを残そうとしたそうです」

校長はどさっと椅子に腰を下ろした。

「こんな遅い時間に電話に応答があったものだから、彼女も驚いたでしょうね。みなさん、わたしはとても疲れてしまいました。ミスター・ワトスン、五日間ほど休んであなた自身とその……問題を整理してはいかがですか？」

「それだけですか？」

「フランク・ワトスンとは」

校長はぼくの顔をじっと見た。

「フランク・ワトスン。それで納得がいきました。この件にあなたを巻きこんでしまって申しわけありませんでした」

「それじゃ、停学処分じゃないんですか？」

「それはまだわかりません。盗難容疑について警察がどのような判断を下すか、あと数日待ちましょう。薬物の件についてもです。五日間は学校から離れ、お父さまといっしょにすごしてください。身の潔白が証明されたら、学校は健康上の理由による休暇扱いにします。実際、あなたは体調がよろしくないようなので、無理なことではないでしょう。そして、もしもあなたに罪があるとわかったら……そのときは、そう、停学処分となり、あなたが出願している大学に事態の進展を通知しなければならないでしょうね」

五日間。

そのあいだに真相を暴くのは容易ではない。ぼくはすでに計画を練り始めていた。まずアナと話さないと。彼女と取引し、口を割らせる。キトリッジとランドールを問いつめ、ふたりのどちらかがぼくに恨みを抱いているかどうか、ぼくの寮に金に困っているやつがいないか、マスターキーが鍵つきの引き出しにしまってあるミセス・ダナムのデスクのそばを頻繁にうろついているやつがいないか、しっかり突き止めてやる。ミセス・ダナムにきけば、昼間に寮に出入りするのを見かけた教員や生徒やメンテナンス作業員を教えてくれるかもしれない。エリザベスには現場から逃走する人物を目撃していないか確かめよう。

自分の携帯電話から〈すてきなメモリアル〉を装って電話したリーナがトイレから戻ってきたら、パーティの招待客リストを渡してもらえるだろう。

「妥当な処分だと思います」

学生部長がそう言いながら、すでにドアに向かって歩きだしていた。

「わたしはこれで失礼します。では、校長、また明日」

「ええ、おやすみなさい。面倒をかけましたね。ビル、肖像画については……正直、どのように処理すべきでしょう。どこか前衛芸術に見えないこともないですね。ひとまず保管しておいてください。パフォーマンスアートの授業で大砲か何かから撃ち出すのに使えるかもしれませんから。刑事さん、この続きは明日でよろしいですか？　それから、ジェイミー……」

いろいろなことがありすぎて、ぼくはまだめまいがしていた。パーティのこと、電子メール、ぶちまけられた炭酸飲料、今もうなじにちくちくするソファの浮き織り、いたずらされた肖像画、ぼくの名を叫びながら迫りくる友人たち、レントゲン透視するみたいなシェパード刑事の視線。恐れるべき要素がたくさんありすぎる。この十二ヵ月間、ぼくはまさに恐れることの達人だった。どこがまずかったのかという思いに自分自身がからめ捕られ、そもそもホームズにかかわることになった理由を忘れていた。ここには多くの危険が存在し、ぼくの将来が危うくなっている。

ここには解決すべき事件がある。

なんてことだ、ぼくはわくわくしている。

校長が話し続けていた。

「モリアーティでしたっけ？　どこかでその名前を聞いたかしら」

ちょうどそのとき、リーナが執務室に戻ってきた。その顔は紅潮し、あからさまに勝ち誇った表情をしている。

「わたし、何か見逃した？　何かいいこと？」

シェパード刑事が静かに告げた。

「ミス・グプタ。きみの携帯電話を借りてもいいかな？」

第十二章　シャーロット

わたしは十四歳のとき、もう自分はおしまいだと判断を下した。どうにでもなれ、と。母親は無力で、父親は役に立たない。わたしは、親の思い描く型に自分をはめこむことができると考え、そのように努力することには価値があると思いこんでいる愚かな子どもだった。

最初はごくたまにだった。錠剤の摂取のことだ。たとえば、圧倒的な虚無が手に負えなくなったとき。新しい本を読んでも、兄とチェスをしても、自分から意識を遠ざけられないとき。わたしにはある種の恐れが四六時中あった。言うなれば、斧がいつ頭に振り下ろされるかわからない感覚。緩衝材の下に身を隠せるのなら、なぜそうしてはいけないのだろう。わたしは錠剤を半分に割って摂取した。安全のためだと自分には言い聞かせたが、本当は長持ちさせるためだと自覚していた。母が職場で足をすべらせて骨折したとき、家にさらなる鎮痛剤がもたらされるとわかった。結局、洗面所にある母のキャビネットからくすねているうちに、わたしの行為が発覚した。

〝発覚〟というのは想像力に欠ける表現だ。実際にはリハビリテーション施設に送られた。父は「最終的な手段だ」と言った。それが、娘が死ぬまで正しい人間でありえないという考えから、わたしに嘘の見抜きかたや銃器の手入れや自分を別人に仕立てる方法を教えこんだ人物の言葉。別の女の子になったほうがましというわけだ。父はいつでも深く失望しており、そのためわたしはいくら変装してもやはり父の娘のままだった。

サンマルコスにあるリハビリ施設〈パラゴン・ガールズ〉では、ボルトで固定されたテレビの下でファイブスタッド・ポーカーを覚えた。テレビでは『デイズ・オブ・アワ・ライブス』が放映されており、わたしはそのソープオペラに興味を持った。夜になると、そのときのルームメートだったメイシーと『デイズ・オブ・アワ・ライブス』について論じ合い、注射器に薬液を満たす方法や、余分な空気を追い出すために注射器を指で弾く方法をふたりで独学した。注射器そのものは、妻帯者であるにもかかわらず同僚の主任心理学者と関係を持っている看護人から入手した（昼食から戻るときの十分間の遅れ。閉め忘れのファスナー。わたしは何ヵ月も喜々として彼を脅迫し続けた）。注射器の中身は前のルームメートであるジェサから手に入れた（ブーツのヒールにくり抜いた穴。わたしはその手法をすぐに自分でも取り入れた）。ジェサは本業である洗剤のコマーシャル撮影がない日曜日ごとにわれわれを訪ねてきた。彼女とのやり取りは四週間も継続した。メイシーもジェサも友人ではない。友人になるには、人は自分の内面や過去を共有する必要があるが、わたしはそのようなことをするつもりはなかった。ふたりは短期間の共謀者にすぎない。われわれの共謀はなかなかうまくいった。

やがてメイシーがジェサとわたしを密告し、見返りとして個室を得た。ジェサは施設に逆戻りした。わたしは施設を追い出され、悪習だけが残った。

わたしは無邪気にも、これで家に戻ることを許される、と考えた。

ペタルーマにあるリハビリ施設〈ジス・ジェネレーション・ナウ！〉では、努力した。かなり努力した。脈拍のごとく皮下でうごめくものから自分の気をそらすために、ありとあらゆることをした。絶えることのない渇望。渇望。渇望。自分を制御できないかぎりわたしは何者でもなく、もはや別の電気系統に供給される電流に等しい。わたしは喫煙を再開した。彼らが言うには、許容できる範囲の代替行為らしい。強制的にヨガ教室に入れられ、身体の柔軟さと怒りを得た。わたしを泣かせたがるセラピストのために泣いてやった。わたしは自分の中に逃げこみたくてしかたがなかった。その思いは歯ぐきや皮膚のむずがゆさや、血管の中を駆けめぐる炎となってあらわれた。ベッドの下に這いこんで死ぬ代わりに、わたしは同じ階の入所者を廊下に整列させ、彼女たちの足を一瞥しただけで靴のサイズを言い当て、家で飼っているペットの種類を告げ、占い師のように手のひらを見て過去に職業を持っていたかどうかを指摘した。だれひとり仕事をしたことがなかった。モデルの仕事は職業とは見なさなかった。

わたしは施設で求められたことをすべてやった。なのに両親は一度も面会に来なかった。叔父は一度も電話してこなかった。つき合う友人は頻繁に変わったが、彼女たちが求めているのは友情でも共謀でもなく単なる聞き手であり、わたしは黙って話を聞いた。外出のときに食べようと思っているカラフルなファンフェッティ・ケーキのこと、ビーチに向かう車中で聴きたいラジオ局のこと、プロムのこと、昔のガールフレンドのこと、昔のボーイフレンドのこと。彼女たちは未来に向かって絶え間なく進んでいた。彼女たちには思い描けて、わたしには思い描けない未来に。それはいったいどんな未来なのだろう。もしも〝回復〟できたら、わたしはどこへ向かうのか。わたしにはどんな来年がやってくるというのか。

いつしか決意はしぼんでいった。わたしも所詮は人間なのだ。報酬が何も想像できないのに自分を変える動機など見いだせないし、とにかくリハビリ施設の教師たちは話にならなかった。わたしは周期表を覚え直す必要などなかった。知的エネルギーがあり余っており、それを生かすことにした。ほかの入所者に、錠剤を手のひらに隠す方法やマットレスに穴を切りあける方法を教えた。そして、人目を気にせず薬物を摂取した。感覚をより増幅させたいときは覚醒剤をやった。コカインもやった。コカインを見つけるのはいとも簡単で、最も使い勝手がよかった。わたしにはもくろみがあった。よその施設と同じくペタルーマにおいても、有害な影響力の持ち主として追放されるほうが〝卒業〟するより容易なのだ。

そうして、わたしは追放された。母親に治癒の程度を評価してもらうため英国に帰った。いつものごとく、帰りたいと言わなくなったとたんに自宅に帰る機会を与えられた。今度は両親もわたしをどこかへ送ろうとしなかった。自宅には実験室がある。自分のバイオリンがある。Ｗｉ‐Ｆｉがあり、運転手がおり、あふれんばかりの静寂があり、話しかけてくる者はおらず、授業も学校もない。デマルシェリエ教授はチュニジアの研究所で仕事をするために英国を離れていた。彼の代役を引き受けようと考える者はいなかった。わたしは有機化学のオンライン講座を受講した。毎日十六時間を学習に当て、三週間で講座を修了し、そのときには大学の単位を四つ取得していたが、相変わらず静脈の中にうずくものがあった。そこで一週間かけて部屋の壁を黒く塗装した。次いでネイビーブルーに塗り替え、また黒に戻し、さらにオフホワイトに塗り直した。母のランニングマシンで延々と走ったりもした。よいこともあった。植物の世話をしたし、邪魔されずに何時間もバイオリンを弾けた。化学実験テーブルでふるい分けしたり混合したりと、手を動かした。作業することは、わたしに自分の肉体を思い出させてくれた。そのことでわずかながら肉体を制御できるようになった。そこで視線を落として皮膚の存在を思い出し、その事実に気づいたら、ふたたび焼けつく感覚が始まっただろう。

ある朝、目を覚ましたとき、気持ちが充足していることに気がついた。この感覚はずっと消えないだろうと自分に言い聞かせながら、ベッドの上で大きく伸びをした。ひとりでやっていけそうだ。渇望の生きものであることをやめられる。

翌日、口の中にむずがゆさを感じ始めた。

すぐさまイーストボーンに供給者を確保した。息をするより簡単だった。

わたしには中毒者の徴候があらわれていた。だが、もしワトスンだったら毎日目をこらしたとしても見つけられないだろう。おそらく使用中にしか徴候は表出しないから。薬物がなければ、わたしは空っぽで何も示さない。わたしが薬物摂取を再開したら、母がたちまち察知して警戒レベルを上げ、家政婦に命じてわたしの引き出しの中身をすべて空けさせた。ただし監督するだけで、けっして自分の手で隠匿物に触れようとしなかった。父はむろんその場にいなかった。ロンドンで政府《ホワイトホール》のコンサルタントをしており、その地位はマイロの学校で得たコネを利用して手に入れたものだ。かつてＭＩ５にいたころ、二重スパイまがいの情報売買をしていたことが発覚した際に父の評判は地に落ち、その高名な姓がなかったらひとつも仕事のない状態になった。そのくせ自分が食物連鎖の頂点に立てない仕事は断固として拒んだ。カリスマ性のある大型捕食動物でありたいのだ。結果、父は何年ものあいだ、権力の欠如を味わうくらいなら働かないという選択をし、そのためわれわれ家族は苦労を強いられた。

　それから父はどうにか政府関係の仕事ができるほどまでに失地を回復した。身元調査を受けたらまずこう記載されることが予想された。薬物中毒の娘あり、と。

　わたしは治療を受けることになった。少なくとも見かけ上は治療らしきものを。

　わたしはこれまでよりも費用が安くて怪しげな施設に送られた。中毒者であればだれかれかまわず放りこむような場所だった。ブライトンにあり、入所している女性たちはみなスウェット姿で、髪はぼさぼさ、爪は色とりどりで、鋭利な道具の所持を禁じられているためすね毛が伸び放題だった。することが何もないので、わたしはドイツ語を独習し、昼夜を問わず頭の中でしゃべっていた。何もない《ニヒト》、ありがとう《ダンケ》、ニヒト、ダンケ、ニヒト、ダンケ。自分では兄に会いに行くために言語を習得するという理由づけをしていた。治療を終えて兄に会いに行ったら、兄はわたしをガラス箱に入れるべき対象であるかのように見た。わたしは施設に舞い戻った。フランス語を習い、流暢に話せるようになった。もともとラテン語の心得があるので、フランス語の習得は楽だった。トランプゲームのユーカ

一、ホイスト、クリベッジ、テキサス・ホールデムを覚え、渇望を忘れようとする女性入所者たちと一日中カードテーブルを囲んだ。

わたしは欲していた。欲求を止めることができなかった。薬物を摂取し、それを足元の地面に埋め、そうできない場合は別の方法を見つけた。自分がまちがっていると感じずにすむことならなんでも試すつもりだった。わたしはさながら闇の中の植物のように、どんなにかすかでも光を求めてくねくねと成長していった。

わたしは人と交わらずにいた。平たく言えば、わたしの友人はわたしだけであり、もしもひとりになりたいときは、わたし自身を追い出さねばならなかっただろう。

そんなことはしなかった。

治療費が尽きたのか、辛抱が尽きたのか、両親はようやくわたしを家に連れ戻した。わが家を標的にしたスキャンダルの気配があり、そのために兵力を集結させているようだった。そして、両親はオーガスト・モリアーティを雇った。

その夜、わたしはマンハッタンのミッドタウンにある高級ホテルにいて、素人たちから金を巻き上げていた。

いっしょにポーカーをしているのは、ジェサ・ジェノヴェーゼとナタリー・スティーヴンスとペニー・コールで、三人とも女優だ。彼女たちはモデルでもあり、ソーシャルメディアでダイエットティーを宣伝し、ブランドメーカーから贈られた非常に高価なアスレジャー・ウェアを身につけている。ワトスンだったら、彼女たちを拝金主義者と呼ぶだろう。わたしは彼女たちに理解を示せる。ある種の人びとにとって最もスリリングな追跡対象はひと袋のゴールドであり、犯罪者ではないのだ。

表現が侮蔑的に聞こえるとしたら、それはわたしが彼女たちに嫉妬を感じているからにほかならない。

そこには演技に関する問題が存在する。報酬を受けるに足る有能な探偵であればだれでも、相手から情報を引き出すために役を演じる必要があることを知っている。これまでわたしが変装とともに演じてきた数々の役柄（一例として、ファッション・ビデオブロガーのローズ）は、その究極の形だ。警察バッジを持っておらず、相手に答えを強制できないわたしは、情報を得るためにより狡猾な手段に訴えねばならない。だが、たとえ〝自分自身〟でいられる刑事であっても、相手をいつ脅し、いつおだて、いつ保証を与えてやるかをわかっている必要がある。

そうした刑事たちが夜遅くに少し酔って物思いに沈んでいるとき、もしもシェイクスピアの舞台に出る機会があったらいい芝居ができるかときかれたら、ほとんどの者がイエスの答えを返すだろうと、わたしは確信している（わたし自身は『リア王』のコーディリアをかなりうまく演じられると思っている。余談だが）。

ポーカー・ナイトに集まった三人の女性は、わたしがいつも憧れに感じていることを体現していた。ポーカーに関してまずまずの腕前を持ち、とても美しく、とても金持ちで、だれからも命をつけ狙われていない。そう、わたしは少しうらやんでいる。

わたしがこの場にいるのは、金が必要だからだ。

ジェサ・ジェノヴェーゼは、アートシアター系ホラー映画『ザ・ホローズ』の撮影のために滞在しているジュニア・スイートルームでホストとしてわれわれをもてなしている。サンマルコスの〈パラゴン・ガールズ〉でルームメートとして出会ったころ、彼女が出演していたのは洗剤のコマーシャルだったが、あれからだいぶ出世した。ジェサはわたしより三歳年上で、そのことは職員たちが彼女に喫煙を許可していることから知った。彼女が女優であることは、話すときの声の大きさと手ぶり、発声法、破裂音を発する際の細心の注意、自分を見ている相手を把握してそれに応じて話しぶりを変えるところからわかった。ジェサはイタリア人であり、彼女の声量や陽気さはそれで説明がつく（わたしはイタリア人が大好きだ）が、彼女が自分のほかにだれもいないと思っているときにかすかな物音にもびくっとする面は説明できなかった。本を読んでいるときに声をかけられても、彼女は飛び上がった。ジェサは絶えず読書していたので（スコットランドが舞台の果てしなく長いロマンス小説）、絶えずびくっとしていた。静かな家庭で育ったため静寂に慣れているせいだと思うかもしれないが、そうではない。彼女は自分の反応を抑圧し、せいぜいかすかな唇の引きつりやベッドに置いた手のひくつきにしかあらわすまいとしていた。まるで忍び寄ってくる何者かに何かされるのを恐れているかのように。過去において、その恐怖を押し殺さねばならなかったかのように。

ある晩、部屋でマリファナをやって朦朧としているとき、わたしは彼女を観察して知ったことをすべてジェサに告げた。彼女は泣いた。そして、母親に関するある事情を告白した。そのあと彼女はひとつの計画の概要を話し始めた。わたしの能力を活用することでわたし自身に現金が入り、彼女が家に戻らなくてすむという計画だった。

というわけで、ポーカーだ。

ニューヨークでもロンドンでも、ジェサとわたしの予定が合えばいつでもポーカーをするために集まった。まず彼女が知り合いを何人か連れてくる。顔ぶれは毎回ちがう。わたしは彼女たちの金を最初はゆっくり、やがて一気に巻き上げる。そして、ジェサが彼女たちをとことん楽しい気分にさせて金のことなど忘れさせる。

彼女たちが帰ったあと、わたしがひと晩かけて彼女たちから読み取った情報を細大もらさずジェサに伝え、彼女がその情報を好きなように使う。

六ヵ月前、ロンドンでこの手口を使い、わたしはかなり楽しい思いをした。今夜は……あまり気乗りがしない。だが、わたしは資金が底をつきつつあり、ワトスンが危険にさらされており、テーブルには二千七百ドルがのっていて、今夜のカモであるペニー・コールとナタリー・スティーヴンスは帰りたければいつでも帰ることができる。

ふたりは帰りたがらなかった。その点はジェサがうまく取りはからっていた。シャンパンとチキンフィンガーとフライドポテトとフォアグラを注文し、部屋には聴く者をセクシーで大物めいた気分にさせるクールな響きのヒップホップを流してある。彼女はミュージシャンたちの不品行なふるまいを次から次へと披露し、わたしはどの名前も知らなかったが、ペニーとナタリーは大笑いしていた。

「そこで彼はファスナーを上げたの。ファスナーっていっても、ユニコーンの衣装の背中のよ。すっごいんだから」

わたしにはその話がさっぱり理解できなかったが、ジェサが巧みな話者であることはわかった。

ナタリーが笑いの余韻の中できいた。

「あなたたちふたりはそうやって知り合ったの？　そういう番組で？」

「ううん。シャーロットとわたしは昔なじみよ。リハビリ仲間」

　彼女たちがさっと視線を交わした。ペニーはディズニー・チャンネルに自分のシットコム番組を持っており、ナタリーはライフタイム・ムービー・チャンネルの常連からクリスチャン音楽のレコーディング・アーティストに転身した。もしもジェサとわたしが薬物中毒者で、われわれと夜をすごしたことが世間に知れたら、彼女たちの社会的イメージは大打撃をこうむる。

「摂食障害のね」

　わたしはそう言って、自分がより安全な人間に見えるようにした。摂食障害もあながち嘘ではない。とはいえ、〝薬物中毒よりはまし〟とか〝自分だけの責任ではない〟というニュアンスにわれわれながら嫌気がさした。

「本当はこの話はしたくないの。今はよくなってるから」

　それを聞くと、ペニーが目に見えて安堵した。

「あなたたち、そうだったのね。ごめんなさい」

　彼女の言葉には心がこもっていた。

　ところが、ナタリーのほうはどこか落ち着かなげな表情だった。けっして他人事じゃないわ、という表情。加えて右手人さし指の緊張から読み取った情報を、わたしは頭の中のファイルにしまった。

わたしの電話で着信音が鳴ったので、テーブルの下で確認する。シェリングフォード高校にいるわたしの情報源からだった。

〈彼にとって状況が悪化してる。コネチカットにはいつ戻れる?〉

冷静な頭で把握した。わたしはこの場から離れたいと思っている。行き先が懐かしい全寮制学校であっても。だが、このラウンドは今夜最後の勝負であり、わたしは今にも獲物を手中におさめようとしているところだ。

ペニーがトランプを配ったところでジェサが言った。

「さあ、最後のベットよ」

ペニーがレイズしたが、ブラフだ。テーブルの下の足が軽く床をたたいており、それは前の三回と同じ仕草だった。ナタリーの手札がジェサのものより強いのはまちがいない。ナタリーは自分が勝てると確信すると、フライドポテトを過剰なほど平然とつまむようになる。だが、わたしの手札もジェサのものよりいい。ジェサは状況がまったく見えていないが、金を出す必要があるので降りない(いずれにしても彼女は最終的にわたしと儲けを山分けするのだ)。

ポケットの中で電話がまた鳴った。今はゲームから離れるわけにいかない。

だが、意思に反して画面を見てしまった。

〈ジェイミーはあなたを必要としてる。事態は悪化の一途をたどりそう〉

テーブルの下で思わず電話を握りしめた。

わたしは是が非でもこのラウンドを勝たねばならない。

ナタリーが自分の手札を見ながら言った。

「シャーロット・ホームズ……。おかしなものだわ。わたし、今夜はずっとそのことを考えてた。子どものころ、シャーロック・ホームズのお話が大好きだったの」

人は〝子どものころ〟とつけ加えたがる。ホームズ物語にどこか子供じみたところでもあるかのように。

「それはよかったわ」

わたしがそっけなく応じたのは、ナタリーの秘密がジェサに引き渡されるのを望んでいないのと、ナタリー自身や彼女の読書遍歴に興味がないからだ。ナタリーに望むことはベットのみ。そうすればわたしは席を立って、こっそり情報源と連絡を取れる。

携帯メールの最後の一文に含まれる暗示について考えまいとした。ワトスン、死。寮の部屋の床。雪の中で撃たれて死ぬワトスン。それはまるで……。

「そういえばこの前、モリアーティって人に会った」

脈拍が速まった。わたしはポーカーフェースが得意なので、もちろんだれにもそのことを気づかれたりはしなかった。わたしはナタリーに言った。

「アイルランドではよくある名字だから、会っても不思議はないわ」

「ううん、ちがうの」

彼女はカードでテーブルをこつこつたたいた。

「本物の、物語に出てくるモリアーティよ。わたし、ヴィルトゥオソ・スクールに通ってて、そこは仕事をしてる若い女優や歌手なんかのための学校なんだけど、そこに彼が見学に来てたの。わたしが受けてる作詞作曲クラスに来て、椅子にすわって見てたわ。たぶんプログラムに投資したんじゃないかと思う」

ルシアン・モリアーティのコンサルティング会社の顧客リスト。新しい項目の追加。ワシントンDCの豪華な巨大病院。コネチカット州にある十代のためのリハビリテーション施設。マンハッタンの芸術系プレップスクール。

「みんな、ベットしなきゃ」

自分がしゃべる番だと感じたジェサが言った。

「それから、もっとシャンパンを注文しようか。あと、DJポケットウォッチに電話して来る気があるかきいてみる？」

またしてもわたしの電話が鳴った。

「最近は犯罪にかかわってないか、彼に尋ねてみた？」

軽い調子ながら、わたしが気を悪くしたとナタリーに感じさせる程度に声に鋭さをこめてきいた。この声を使うと相手は引きこまれ、なぜこちらが気を悪くしたか、背景にある事情をどうしても知りたくなる。失敗することはめったにない。

今回もうまく機能した。ナタリーが身を乗り出してくる。

「待って、あなたたち、今でも争いが続いてるの？」

わたしは肩をすくめた。

「まあ、そんな感じ。彼はどんな様子だった？」

「大しておもしろみはなかった。ニットビーニー帽をかぶってて、彼はそれをクールだと思ってるみたい。あと大きい眼鏡。わたしの歌を気に入ってくれたわ」

「作詞作曲クラスの受講者はたくさんいるの？　わたしが知ってるような人はいる？」

ナタリーはちらっと自分の手札を見た。

「フォークロックに詳しくないと知らないかも。アニー・ヘンリーはけっこう大物のバイオリニストよ。ペン・オルセンとマギー・ハートウェルはしばらくいっしょに演奏活動をしてて……」

「ちょっと、あなたたち」

ペニーが口をはさんだ。音楽はすでにやんでいた。彼女はテーブルの中央に積み上げられた自分の今夜の全財産を見つめている。

「これを終わりにしちゃわない？」

わたしは自分のチップを引き寄せながら、勝ち取った儲けに自分がもはや関心を失っていることに気がついた。

マギー・ハートウェル。

マイケル・ハートウェルはルシアン・モリアーティの偽名のひとつだ。

電話が着信音を鳴らした。

〈あなたなら何か起こる前に止められる〉

それを読んだとたん、わたしの意識はこの場から離れた。英国に戻る飛行機の中でわたしをじっと分析していたオーガストの目。グレーストーン社のわたしの居室を覗きこみ、手にわたしのバイオリンを持ちながら「わたしのために弾いてくれないか？」と言ったオーガスト。雪の中で倒れているオーガスト。

起こる前にわたしが止められたであろう、いくつものこと。わたしは列車に乗ることができる。今夜のうちに。一時間後にはペンシルベニア駅（コネチカット州に向かう列車の始発駅）にいて、そして……。

グリーン警部の声が聞こえる。

――あなたは血を感じなくてはいけない。さもないと、とにかく同じような状況が生じたときに、とても愚かな行為を繰り返すことになるから。

わたしは自分に呼吸することを命じた。

ジェサはすでに十分長くわたしと組んでいるので、テーブルの向こうからわたしの状態を読むことができる。わたしは心のどこかで、われわれがポーカーなどではなくブリッジのパートナーだったらよかったのに、と思っていた（ブリッジはペアを組んで戦う）。

ジェサはわたしの緩慢さを見て取り、ナタリーにきいた。

「ペン・オルセンとマギー・ハートウェル？　その人たち、ＹｏｕＴｕｂｅで見られる？」

ナタリーが笑った。

「たぶんね。あの人たち、そんなに有名じゃなくて、演ってるのはだいたいカバーよ。マギーはすごくかわいいけど、ペンは頭がすごく大きい」

呼吸だ。わたしは呼吸している。「ふうん」と応じておいたが、その声に緊張は感じられなかった。

「でも、その子、あなたには勝てないわよ」

ジェサはナタリーにそう言うと、ペニーに向いた。

「ナタリーの新しいシングル、聴いた？　すっごくいいよ」

「そうそう。いい感じだった」

ペニーが言いながらナタリーの髪にキスした。

「うちの番組プロデューサー陣と話しなさいよ。どれかエピソードにあなたの出番を作れるかもしれない。近々ミュージカルの回をやろうと思うの！」

ペニーとナタリーはたがいの顔を見ていたので、ジェサの目に一瞬あらわれた嫉妬に気づかなかった。

みんなでてきぱきと金を整理し、チップを現金に換えた。シャンパンはすでになくなっていた。

「ああ、疲れた。わたし、一文なしよ」

ペニーが帰り支度をしながら言った。

「明日は朝七時からプールのシーンの撮影なの。こんなにチキンを食べなきゃよかったかも。うぷっ。愛してる、愛してる」

彼女は左右の手にキスし、それをわれわれのほうにひとつずつ吹いた。

「でも、今度やるなら次のギャラが入ってからにしようよ」

女の子たちは愛を惜しみなく世界にばらまく。そうすることで世界が自分たちを愛し返してくれると思っているように。世界が彼女たちの愛を奪い、それで逆に打ちすえてくることなどないかのように。それでも、わたしはペニーに投げキスを返した。ナタリーにさよならの手を振った。

勝った金額を慎重に数え——三千ドル近かった。ほぼ全額をいただいたことになる——それから、ノートを開いているジェサに向き直った。

その瞬間、自分が口を開くことが、そこから何もかも垂れ流すことが、恐ろしくなった。わたしはどれほどひどいことを、どれほど長くやってきたのだろう。どれほどの損害を与えてきたのだろう。だれでもいいから罪を告白してしまいそうだ。

ジェサがわたし自身からわたしを救ってくれた。

「今夜のことはあなたにとって有益だった」

ふたりきりのとき、彼女のしゃべりかたはわたしと似てくる。歯切れがよく、正確で、よりハスキーだ。彼女が新しい演技レッスンを受けているのはまちがいない。現在の研究対象は、わたし。

なぜわたしのふりをしたがるのか、さっぱりわからない。

わたしは自分に命じた。テーブルの向こうに父がすわっていると想像しろ。非情になれ。

あっという間にまたわたしに戻った。

「ヴィルトゥオソ・スクールの情報か？　ああ、確かにわたしにとって有益だった」

「ペニーとナタリーについて何かわかった？」

実際、相当量の情報が得られた。わたしは口を開き、そこでためらった。

「きみがこの情報をどのように活用しようと計画しているのか、尋ねるのは大きなお世話か？」

「みんながお金を使うときみたいな方法を考えてる。言わば通貨よ」

彼女は相手の反応を待ってから、青い目をすばやくまばたかせた。わたしも説明を始める前にあのような仕草をするのだろうか。

「あの子たちはわたしのライバルよ。ゴシップはいつか役に立つ。弱みや習癖を握り、一番いいネタを貯めておいて、お金に困ったときにＴＭＺ（ゴシップサイト）に売りこむ」

われわれはたがいに相手を見つめた。正直、彼女によるわたしの模倣は、こちらの思考が邪魔される程度に気にさわった。

他人にはわたしはこのように見えているのか。

そんな気持ちをくすぶらせたまま、わたしは読み取った内容をジェサに伝えた。ナタリーは神を信じており、ポーカーで負けそうだと感じると密かに祈る。信仰はあくまで私的なもので、小さな十字架のネックレスを首にかけずにポケットに入れており、ヒーリングストーンであるかのように繰り返しそこに手をやる。ペニーには姉がおり、崇拝している。ペニーの靴は明らかに前に別の者が履いていたもので、（1）半サイズだけ大きく、（2）ビンテージと言えるほど製造年が古くなく、（3）流行から五年遅れている。姉が履いていたときにかなり傷み、それは運動的な何か、おそらく乗馬のせい（あぶみに当たる部分のソールがすり減っている）だが、ペニーは姉への愛から履いている。姉はすでに他界しているかもしれないが、手持ちのデータからは判断できない。

「それだけ？」

わたしが話を終えたとき、ジェサが言った。不満のためか彼女自身の口調に戻っており、わたしは失望と安堵を同時に覚えた。

「習慣とか、依存とか、過去の相手とかはないの？」

ナタリーは過食症だ。ペニーは故郷にガールフレンドがいるが、だれにも知られたくないと思っている。ナタリーは過去に二十キロ以上の急激な減量を経験しており、クロックトップがパンツの上にまくれ上がると、かすかにだが皮膚線条が見える。ペニーは契約が切れたらこの業界を辞め、ここからは当て推量だが、最愛の姉とより多くの時間をすごそうと考えている（おそらく姉は死亡していないが、死に瀕している？　観察時間がもっと必要だ〉。ふたりともわれわれとは二度とポーカーをするつもりがない。

ジェサには現在、ロイヤリティや再使用料による多額の収入がある。とうてい〝現金に困る〟状態ではなく、タブロイド・ニュースサイトに秘密を売ることにどんな意味があるというのか。少なくとも、彼女が母親から離れ、自分の堕落した過去と距離を置き続けるために、わたしの力を通じてふたりの女性の人生を破壊する必要などない。

ジェサの不機嫌な顔を見ながら告げる。

「いいや。これですべてだ」

わたしも彼女とポーカーをすることは二度とないだろう。

わたしはどれだけ損害を与えてきたのか。どれだけ損害を与え続けるのか。

通りに出たとき、もう一度携帯電話をチェックした。シェリングフォード高校のわたしの情報源が一通だけメッセージを寄こしていた。

〈それがあなたの責任〉

まるでそれが目新しい情報であるかのようだ。

心拍数はすでに通常状態にまで下がっている。今夜、ペンシルベニア駅に行くつもりはない。銃弾が飛び交うと推測されるシェリングフォード高校には行かない。宿に戻り、タイマーできっちり計りながら十三分間だけ自分の過去について〝あれこれ感じる〟ことをわが身に課し、それから自分の計画を推進する。それが、ジェイミー・ワトスンの身を安全に保つための最良の方法だから。

オーガストよりも安全に守るために。

わたしから守るために。

煙草に火をつける。この数週間で初めて自分に許す一本だ。懐には金がある。自腹を切る必要のない食事をすませた。夜も遅く、実のところ疲れているが、明朝にはスターウェイ航空の面接に行かねばならない。準備すべきことが山ほどある。

第十三章　ジェイミー

リーナは腕組みして立ち、シェパード刑事が彼女の携帯電話をこと細かに調べるのを見下ろしながら、不満げにため息をついた。

「電話したいのかと思って貸したのに」

刑事は携帯メールの履歴をもう一度くまなくスクロールし、通話記録から相手を調べてから、電話をリーナに放って返した。彼女はみごと片手でキャッチした。なぜなら彼女はリーナだから。

「少し話ができすぎだと思ったものだからな。きみが部屋から姿を消し、直後にウィリアムスン校長にギャラリーから電話が入り、告白がなされた」

「セレンディピティ」

リーナはそう言ってマフラーを巻き始めた。

「偶然の幸運のこと。ＳＡＴ（大学能力評価試験）に出る単語よ。平日の夜だから、もう部屋に戻らないと。ジェイミー、また明日連絡してね。いい？」

彼女は手を振って立ち去った。

ほかの人たちもみな部屋をあとにした。父は駐車場で車のエンジンを暖め始め、刑事は雪におおわれた中庭をながめながら、フードつきコートのファスナーを上げた。

「わたしは、きみにまた会えてうれしいと言う気はない」

「残念です」

ぼくは寒さに震えながら答えた。

「ぼくだって、こんなごたごたに巻きこまれるのはごめんです。でも、あなたが担当でぼくはうれしいですよ」

嘘ではない。ぼくはいつだってシェパード刑事に好感を持ってきた。頭が切れるし、腹がすわっているし、ぼくやホームズとも柔軟に連携してくれる。捜査対象がいつもぼくである点だけは願い下げだけれど。

シェパード刑事が両手をポケットに突っこんだ。

「きみは本当に敵を作ってしまったようだな。あるいは彼女が……シャーロットが作ったのかもしれんが。わたしにはよくわからん。それだけの価値が本当にあればいいのだがね。明朝に連絡するから、それまできみは町を離れないように」

ぼくは指示にしたがうことを約束し、父の車に乗りこんだ。

〈あの電話はきみじゃなかったの？〉

リーナに携帯メールで質問すると、即座に返事が来た。

〈わたしは有能なんだってば。何も密売人じゃなくたって使い捨て携帯を持てるの。刑事はそっちも見せろって言わなかったもん。あはは。おやすみ、ジェイミー　×○×○〉

ぼくは心の中で笑った。

かなり遅い時間帯なので、郊外にある父の家に帰る道を走っているのはぼくたちの車だけだった。父の家はぼくが子ども時代をすごした場所だ。庭で父と追いかけっこをし、夏には家族みんなで屋外で夕食を楽しみ、階段下の収納庫では妹とたがいに閉じこめ合いをした。父は今もその家で、ぼくの義理の母であるアビゲイルとぼくの異母弟であるマルコムとロビーといっしょに暮らしている。ぼくには、あの古くて風通しの悪い客間だった部屋があてがわれるだろう。あの部屋を何かで飾った覚えも、そこで眠ったこともほとんどないけれど、とにかくあの部屋が今も存在しているのはありがたい。そこにまだ服が何着も残っているし、剃刀や靴もあるから、私物を取りに寮に戻る必要はないだろう。

家に入っていくと、アビゲイルがまだ起きてリビングルームで待っていてくれた。暖炉に火が入っていたけれど、もう残り火だった。

「ジェイミー」

彼女はぼくを引き寄せて強く抱きしめた。

「無事なのね、よかった。それから、あなた……」

父が「おれも無事だ」と言った。

「次はわたしにもちゃんと事情を話してちょうだい。それからわたしのメールに返信して〝Jがピンチ、帰宅遅くなる〟のメモだけ残して出かけたりしないで。それからわたしのメールに返信して」

「すまん、事態がめまぐるしく動いてたんだ」

父の謝罪にはあまり謝意が感じられない。

「その話はまた明日でいいか？　子どもたちを起こしたくないんだ」

「いいわ。どうせあの子たちは何日もあなたの顔を見てないから」

アビゲイルはナイトガウンの前をかき合わせた。

「ごめんなさいね、ジェイミー。わたしも疲れてしまって。この件は……とにかく、ベッドにどうぞ。あとはわたしたちがどうにかするから」

父が急にぼくに告げた。

「おまえの母さんが来ることになってる。さっき話をしたんだ。もうチケットを変更してあって、シェルビーもいっしょだ。寝る場所をやりくりしないと。おまえはカウチでいいよな？　あとはまた明日話そう」

「あなた、今夜グレースと話したの？　わたしには連絡もせずに？」

それを退場の合図と受け取り、ぼくは二階に行った。

ベッドに入る準備ができたとき、ふたりはまだ声を低めて言い争っていて、音が階段をつたって聞こえてきた。ぼくの父は確かに褒められた親ではないけれど、あのいまわしい習慣からは卒業したものだとばかり思っていた。父がアビゲイルとアメリカを見かぎってロンドンのぼくたちのもとに帰ってこないかと、子どものころはあんなに何度も夢想していたのに、今のぼくが父に望んでいるのはそんなことではない。いつもレアンダーといっしょにほっつき歩いていて、仕事や家庭やふたりの小さな息子に対して責任をちゃんと果たせているのか、心配でならない。父はもう立派なおとなであり、世間の立派なおとなはそうしたことをうまくこなすものだ。

だけど、ぼくの父は世間とはちがうらしい。

快眠は得られず、目を覚ましてみると、とっくに朝が始まっていた。階下でケトルが音をたてている。ぼくの部屋のドアは開いていた。キッチンに下りてみると、アビゲイルの姿はどこにもなかった。まだ幼いマルコムも見当たらず、父も小学生のロビーもいない。今日は登校日だっけ。あまりにくたびれていて思い出せない。

家族がひとりもいない代わりにレアンダーがカウンターに腰かけ、タブレット端末でニユースサイトに目を通していた。ひげの剃りあとがきれいで、ドレスシャツにはしわひとつない。

「おはよう、トラブルメーカーくん」

「まさかそれがぼくの新しいあだ名じゃないですよね」

ケトルはすでにスイッチが切ってあったけれど、湯はまだ熱く、ぼくは自分で紅茶を入れた。

「まあ、ぼくは指名手配の窃盗犯らしいですけど。学生部長の判断が正しければ〝ドラッギスト〟候補でもあるみたいだし」

レアンダーはタブレット端末を置いた。

「きみはどこまでがルシアンの仕業だと思う？」

「肖像画はまちがいなくそうですね。父から詳しく聞いてます？」

彼がうなずく。ぼくは続けた。

「あのとき店からかかってきた電話も、最初はルシアンがぼくをからかっているんだと思いました。彼がいとも簡単にぼくの人生をめちゃくちゃにできて、その気になればいつでも混乱を収束させる力があるのだと知らしめるのが目的だ、と。でも、電話をかけたのはリーナ・グプタだとわかりました。ぼくを窮地から救おうとしたんです」

「あの子は大好きだよ」

「ええ、リーナはすごい子です」

ぼくはカウンターにもたれた。

「ほかには……父には言ってませんが、ノートパソコンを壊されました。あと、ぼくを騙《かた》った電子メールがエリザベスに送られて、彼女はぼくの部屋に来るように仕向けられ、パーティにも呼び出されました」

「なるほど。おれにつまびらかに話してみるかい？」

「全部ですか？」

「おれなら助けになれる」

「父には言いませんか？」

レアンダーは一瞬ためらいを見せてからうなずいた。

「わかった。お父さんにはきみの口から話すこと。それでいいかな？」

「それでいいです」

彼はふたたびタブレットを取り上げた。

「時間、場所、事態が起きたときに全員がどこにいたか。そこから始めよう」

ぼくがそれらをすべて話し終えたとき、レアンダーが言った。

「思うに、この問題には別個のふたつの側面からアプローチするべきだろうね。もしきみが学校周辺で聞き込みするのが容易であれば、おれはニューヨークで自分の調査を続行しよう。今日ははずせない予定があることだし」

「父と会うんですか？」

レアンダーは心地悪そうに見えた。

「彼はアビゲイルと一日をすごすことになっている。きみの家族がロンドンから来るとなると、あのふたりにとっては重要だからね、夫婦だけの時間を作って……誤差を再調整することが」

「なるほど」

今では自分の叔父同然に思うようになっている彼を見つめる。レアンダーは無頓着とも言える優雅さをマントのようにまとっているけれど、たまに彼が相手と距離を縮めることを許したとき、そのマントが細心の注意を払って織られたものであることや、その中に彼が何を隠しているかが見える。

「前にもこんなことがあったんですか？」

レアンダーはぼくに対して遠回しなことを言わない。

「きみのお母さんと夫婦だったときは、それこそ数えきれないほどあった。アビゲイルとは今までに一度もない。解決に時間がかかるようであれば、おれはロンドンに帰り、そこで自分の役割を果たすことになるだろう。……この状況に多少の負荷を加えるかもしれない」

ぼくが頭の中に思い浮かべる父は、お決まりのコーデュロイのズボンとブレザー姿で機嫌よく笑っている。イメージの父はひとりではない。隣にいるのはレアンダー・ホームズ。ぼくの母でもアビゲイルでもなく、ぼくがたった一年前に直接知り合ったばかりの、父の親友だ。そのことが父の伴侶である女性にとってどれほど問題であるか、ぼくは一度も真剣に考えたことがなかった。そんなふうに人生がふたつに分かれていて、いったいどうやって万事うまくやっていけるのだろう。

たぶん、だれもがそんな器用なことをこなせるわけじゃない。

反射的にホームズのことを考えた。ぼくのホームズのことを。あの夜、プラハのホテルで彼女は決心し、ためらい、両腕をぼくの首に回し、ぼくが聞き取れない言葉をささやいた。肌に触れている唇の動きを読めばぼくにもその言葉がわかるだろうと、彼女は考えたのかもしれない。その言葉について、人の心が読めるレアンダーの前ではけっして思い浮かべまいとしてきた。こんなふうに父のことを考えたあとにはけっして。ぼくは顔が赤らむのを感じた。レアンダーがはっと驚く顔をしたのを見て、ぼくの顔はさらに赤くなった。

まずい、彼はいろいろと推理している。ぼくはできるだけすばやくカウンターを離れ、紅茶のポットに湯を注いだ。

レアンダーが喉のつかえを取ってから言った。

「学校まで車で送ろうか？」

彼の声にはどんな感情もこめられていなかった。

「けっこうです」

ぼくは顔にかかる湯気を手であおいだ。

「大丈夫です。歩けるので」

学校まで歩くとかなりの時間がかかる。

結局、レアンダーに説得され、ぼくは昼前にシェリングフォード高校に戻った。

第十四章　シャーロット

スターウェイ航空は業界の老舗のひとつである。二十一世紀の初めに倒産をまぬがれた数少ない航空会社のひとつでもあり、他社がコストを削減したのと対照的にあえて贅沢さの提供（革張りシート、無制限の手荷物預かり、空港ラウンジのスチームサウナ室）に力を注ぎ、利用者の期待に応えた。またドバイやメルボルンや京都へのノンストップ便といった長距離飛行や、何日も要する高価な旅に特化し、航空機にベッドと女性マッサージ師を導入している。

すなわち、スターウェイ航空のゲート職員の採用面接を受けるなら、企業ブランドをそこなうような安っぽい格好はできない。わたしは髪を後ろにきれいになでつけて高い位置でまとめ、つけまつげをつけ、このためにアイロンをかけて用意しておいたスカートスーツを身につけた。要するに、その役柄に見える。そこには満足感があった。

空港に到着し、スターウェイ航空の受付デスクに書類を出すと、親切そうな目をした男性職員が言った。

「十五分ほどで採用担当がまいり、面接場所にご案内します」

彼に現在時刻を確認してから、化粧室がどこにあるか尋ねた。話すときは自分のイギリス英語を前面に押し出した。どういうわけか、アメリカ人は英国人好きなのだ。受付係は笑みを浮かべ、化粧室の方向を指さした。これで彼はわたしのこと、そしてわたしと会った正確な時刻を記憶したはずだ。

この数週間、わたしは空港マップを見ることにそれなりの時間を費やしてきた。この空港内ではスターウェイ航空は存在感が最も小さく、カウンターがターミナルの一番遠い端にあり、定期便の少ない航空会社ゆえ、水曜日の朝九時には売店にもカウンターにも客がひとりも並んでいない。そこで勤務中だったただひとりの係員が休憩のために席をはずすのを待ってから、わたしはスカートスーツとパンプスといういでたちでカウンターの後ろに入りこみ、モニター画面の前に立った。

幸運にも画面は先ほどの係員がログインした状態のままだった。ヒースロー空港でスタッフが打ちこむのを盗み見た認証コードを試みる必要はなくなった。実はそこがこの計画の弱点だったので、回避できて安堵した。

ログインさえしてしまえば、適応するのにさほど時間はかからない。画面は黒地、白い文字がスクロールしており、操作はキーボード・ショートカットのみ。何度か失敗した末に正しいシステムに入った。頭上では陽気なポップ・ミュージックが流れている。わたしは自分を落ち着かせるために足で拍子を取った。

見つけた。今後の予約状況。

カウンター係員が近づいてくる姿が視界の隅に見えた。両手をポケットに入れ、ターミナルの端にある巨大な窓の景色を見ている。それから自分の戻る場所に目を向けると、モニターの後ろに立っているわたしに気づき、歩調を速めた。

こうなることは想定していた。自分の外見をできるだけスターウェイ航空に実在する従業員に似せているので、遠くから別の従業員に目撃されたとしても、不審者かどうか判断できない時間が生じ、ただちに警察に通報されることはない。わたしに残された時間はおよそ二分間。

だが、今はキーをたたくのに片手しか使えない。というのも、もう片方の手でカウンターの電話の受話器を顔に押しつけながら泣いているからだ。

予約客にマイケル・ハートウェルとピーター・モーガン＝ヴィルクがいないか調べる。ふたつの名前を速やかに打ちこむと、検索結果がスクロールし始めた。ネットを介して操作の手引きを何時間も読んだとはいえ、覚えていないショートカットがまだいくつもある。〝ページダウン〟とおぼしきキーを試したとき、画面が空白になった。もう一度押すと表示がもとに戻った。人さし指で三つのキーをすばやく順番に押して数ページ分戻り、同じ指で名前を再度入力しながらも、受話器を顔に押しつけ、頬を涙で濡らし、わたしが不正アクセスなどしそうにない無害な若い女性係員に見えるようにモニターから身体をそらす。係員が無線機に何かしゃべっている。出入口のそばにいる警備員が急に活気づき、わたしのほうを向いた。

あともう少し。もう少しだ。フライトの記録を完全な形で入手し、モリアーティが次に到着する日時を確定しなければ。今日は水曜日。ルシアンがいつもニューヨーク行きの便に乗る日。そのことはロンドンのヒースロー空港で数週間かけて突き止めてある。

「おい、そこのきみ！　何してる？」

係員が荒々しい口調で言った。

記録を見つけた。ただちにプリントキーを押す。結果がカーペットの床に何枚も吐き出された。今や係員はわたしの姿が明瞭に見える距離にいる。

「手を止めろ！　今すぐそれをやめるんだ！」

わたしはあえぎ、受話器を取り落とすと、床にうずくまった。

カウンターの後ろに回ってきた係員が目にしたのは、何も映っていないモニター画面とすすり泣いているわたしだった。

「いったい……きみはだれだ？　ここで何をしてる？」

「パニック発作が起きて」

わたしは涙ながらに答えた。

「今日、スターウェイ航空の面接にうかがい……息が……お医者に電話したくて。息ができなかったんです。ごめんなさい。本当にごめんなさい。どうか逮捕しないで」

彼は身をかがめ、受話器を床から拾い上げると耳に当てた。快活な声がわたしの耳にも聞こえてくる。

――アポをお取りになりたい場合は８のボタンを……。

「きみは携帯電話を持ってないのか？」

言いながら彼が手を貸して立たせてくれた。

わたしはふらつきながら、ほほ笑んでみせた。

「持っていますが、アメリカでは使えないんです。こちらで仕事を始めようとしたばかりなもので」

上流階級の英国アクセントを強調しておく。

係員の視線が再度モニター画面に向けられた。何も表示されていない。彼の緊張がわずかながら解けた。席を離れるときに彼自身がログオフしたと思わせておく。

「この仕事はきみには向いてないかもしれないな」

ターミナルの中央にある受付デスクに歩いて戻りながら、彼が言った。

「かなりストレスのたまる職場だから」

「そうなんですか？　休暇シーズンはたいへんだと思っていましたけど」

トナカイの衣装を着た女の子に関する笑い話を聞かされたあと、受付デスクに着くと、そこの職員が驚いた顔をし、わたしが採用面接に来た者であり、五分前にまちがいなく自分が相手をしたと保証してくれた。カウンターの係員が口調をやわらげた。

「いいかい、シャーロット、この件は問題にしないから心配しなくていい。ただし、職を得るのはむずかしいだろう」

彼らのどちらかが翻意して警察に通報する前に、わたしは建物から出てマンハッタンに向かうタクシーに乗った。

わたしがスカートの下から書類の束を引っぱり出したとき、タクシー運転手が眉をつり上げた。書類をストッキングの中に押しこむ時間的余裕がなかったのだ。

ゆっくりとページをめくりながら、得られた情報に筋の通る説明をつけようと努めた。ニューヨーク行きの便にマイケル・ハートウェルはいない。ニューヨーク行きの便にピーター・モーガン＝ヴィルクもいない。ふたりはボストンにもワシントンＤＣにも飛んでいない。便の予約確認どころか予約した事実すらシステムに見当たらなかった。もう一度見直しても結果は同じだった。

あとは最後の一ページだけ。残り数秒で予備的に追加実行した検索の結果だ。道路がロンドンのラッシュアワー並みに混雑しており、タクシーは断続的に進んだ。運転手はブレーキペダルから足をはなそうともしない。わたしは深呼吸して息を整え、最後の一枚を窓の光にかざした。

あった。

ルシアン・モリアーティがアメリカに飛んでくる。今夜。トレイシー・ポルニッツとして。

この機会を一年間ずっと待ち続けた。にもかかわらず、まだ直面する準備ができていない。わたしは……息ができなくなっていた。なぜ息ができないのだろう。だれかと話をしなければ。一連の事件の前からわたしのことをよく知っていて、信頼のおけるだれかに。

深く考えることもせず、行動の影響も考慮しないまま、わたしは携帯電話を取り出し、削除せずにおこうと考えた唯一の番号にかけた。

（下巻に続く）